Para serem lidas à noite

Ion Minulescu

edição brasileira© Hedra 2024
tradução© Fernando Klabin
apresentação© Leonardo Francisco Soares

título original *Cetiți-le noaptea* (1930)

edição Suzana Salama
revisão Raquel Silveira
capa Lucas Kröeff

ISBN 978-85-7715-935-2

Dados Internacionais de Catalogação na Publicação (CIP)
(Câmara Brasileira do Livro, SP, Brasil)

Minolescu, Ion, 1881–1944

Para serem lidas à noite. Ion Minolescu; tradução de Fernando Klabin; apresentação de Leonardo Francisco Soares. 1. ed. Título original: *Cetiți-le noaptea*. São Paulo, SP: Editora Hedra, 2024.

ISBN 978-85-7715-935-2

1. Literatura romena I. Título.

23-172907   CDD: 859.1

Elaborado por Eliane de Freitas Leite (CRB 8/ 8415)

Índices para catálogo sistemático:
1. Poesia: Literatura romena (859.1)

Esta obra foi fomentada pelo
Programa de Apoio à Tradução e Publicação
do Instituto Cultural Romeno (TPS).

Grafia atualizada segundo o Acordo Ortográfico da Língua
Portuguesa de 1990, em vigor no Brasil desde 2009.

Direitos reservados em língua
portuguesa somente para o Brasil

EDITORA HEDRA LTDA.
Av. São Luís, 187, Piso 3, Loja 8 (Galeria Metrópole)
01046–912 São Paulo SP Brasil
Telefone/Fax +55 11 3097 8304
editora@hedra.com.br
www.hedra.com.br

Foi feito o depósito legal.

Para serem lidas à noite

Ion Minulescu

Fernando Klabin (*tradução*)
Leonardo Francisco Soares (*apresentação*)

1ª edição

São Paulo   2024

Para serem lidas à noite (1930) reúne quatro contos sobrenaturais, narrados com humor e fina ironia. Desde o célebre tópico do pacto com o diabo até o fantasmagórico caso de uma gravata comprada na cidade romena de Braîla, os textos deste volume são pautados por binômios como *real-irreal, lógico-ilógico, sagrado-profano*. A partir de uma estrutura que se multiplica em jogo de espelhos, os enigmas narrativos são sempre apresentados um dentro do outro, em *spin off*, como uma caixa de Pandora. Essa estratégia também permite o intercâmbio entre as vozes dos personagens e as notícias do mundo.

Ion Minulescu (1881–1944, Bucareste) foi um escritor, poeta, crítico literário e dramaturgo romeno. Também trabalhou como jornalista e editor. Estudou Direito em Paris, onde entrou em contato com o simbolismo francês, que lhe influenciou profundamente a escrita. Ainda que tenha se tornado principalmente conhecido na Romênia por sua contribuição ao movimento simbolista, foram suas incursões pelo fantástico que marcaram-no como uma das figuras mais populares da literatura romena do século xx.

Fernando Klabin nasceu em São Paulo e formou-se em Ciência Política pela Universidade de Bucareste, onde foi agraciado com a Ordem do Mérito Cultural da Romênia no grau de Oficial, em 2016. Além de tradutor, exerce atividades ocasionais como fotógrafo, escritor, ator e artista plástico.

Leonardo Francisco Soares é professor associado do Instituto de Letras e Linguística da Universidade Federal de Uberlândia (ILEEL/ UFU) e professor permanente do programa de pós-graduação em Estudos Literários do ILEEL/ UFU. Publicou, dentre outros, um texto na coletânea *Guerra e literatura: ensaios em emergência* (Alameda, 2022).

Sumário

Apresentação, *por Leonardo Francisco Soares* 7
PARA SEREM LIDAS À NOITE. 13
Ao leitor 15
Bate-papo com o coisa-ruim........................... 17
A gravata branca 71
O homem do coração de ouro 85
A água, o ganso e a mulher 99

Apresentação
Os jogos de máscaras de Minulescu

LEONARDO FRANCISCO SOARES

> Sem imaginação, não há arte...não há literatura. Só jornalismo rasteiro...
>
> *O homem do coração de ouro*
> ION MINULESCU

Nascido em 6 de janeiro de 1881[1] e falecido em 11 de abril de 1944, na cidade de Bucareste, Minulescu foi poeta, prosador — romancista e contista —, dramaturgo, crítico literário e jornalista. Em 1897, seus primeiros poemas apareceram na revista *Povestea vorbei*, de Pitesti, na Romênia, onde era estudante. Em 1899, matricula-se na faculdade de direito de Bucareste e depois parte para estudar na França, durante o período de 1900 a 1904. Em Paris, abandonou o direito para frequentar a boêmia literária francesa, embebedando-se de modernidade. Relacionou-se também com um grupo de artistas romenos no exílio: Gheorghe Petrașcu, Camil Ressu, Jean Steriadi, Cecilia Cuțescu-Storck, Maria Ventura e Tony Bulandra. Em 1904, retorna à Romênia e aos poucos consolida sua carreira literária.

---

1. Nascido na noite de 6 para 7, como sempre se destaca em suas notas biográficas. Cf. Manea, 2012.

Seu nome é sempre atrelado aos ecos do simbolismo na Romênia. "Mestre simbolista" (Ion Trivale), "a verdadeira bandeira do simbolismo" (Eugen Lovinescu) ou "o agente mais ativo do simbolismo antes da guerra" (Șerban Cioculescu). Mas também seria adequado nomeá-lo como um artista moderno.

Minulescu assina em 1908 o manifesto literário, *Acendam as tochas*,[2] veementemente antitradicional, no qual se pedia ao jovem que "acendesse as tochas", promovesse "a liberdade e a individualidade na arte" e abandonasse as formas ultrapassadas, herdadas dos antecessores. Não muito mais tarde, na inconformista revista literária *Insula* (1912), publicará uma série de artigos ousados e combativos, dirigidos contra certas tradições estabelecidas na literatura e nas artes.[3]

Entre 1916 e 1918, o escritor se refugiou em Iași. Lá, atuou como jornalista, de forma combativa, ao lado de outros escritores como Octavian Goga ou Mihail Sadoveanu. A experiência durante a guerra irá reverberar em seu romance desmistificador do campo de batalha e crítico ao nacionalismo, *Vermelho, amarelo e azul*,[4] publicado em 1924, cujo título alude às cores da bandeira romena. Após a Primeira Guerra Mundial, continuou sua carreira literária. Publicou regularmente volumes de poesia ou prosa. Atuou ainda como dramaturgo — com peças encenadas no Teatro Nacional de Bucareste — e jornalista cultural e político. Ocupou também cargos relevantes no cenário do país, tais como o de diretor geral de artes do Ministério das Artes e Religião, de 1922 a 1940, e o de diretor do Teatro Nacional de Bucareste, de 1926 a 1934. Em 1944, em meio aos bombardeios anglo-americanos a Bucareste, Ion Minulescu morreu de parada cardíaca.

Dentro de sua ampla trajetória ficcional, Minulescu também se dedicou à literatura fantástica e sobrenatural, e articulou-a com acontecimentos modernos. Essa incursão

---

2. Em romeno, *Aprindeți torțele*.
3. Cf. Dugneanu, 2011, pp. 66–76.
4. Em romeno, *Roșu, galben și albastru*.

pelo universo fantástico trouxe ao escritor reconhecimento como uma das figuras mais populares da literatura romena do século XX. São comuns nessas suas narrativas binômios como *real-irreal, lógico-ilógico, sagrado-profano*.[5]

SOBRE A OBRA

Publicado originalmente em 1930, *Para serem lidas à noite* é um "admirável título para uma novela fantástica", conforme diz o narrador de "O homem do coração de ouro", terceiro conto deste volume. Mas acrescento, como na advertência ao leitor, "leia-as de noite, ou então... não as leia nunca". Provocativas, são passagens que anunciam mistérios sem fim, narradas sempre com humor e a mais fina ironia. O flerte do autor com o fantástico vem através da influência do simbolismo,[6] sendo inclusive um admirador declarado de mestres do gênero, tais como Villiers de L'Isle-Adam, Oscar Wilde, Henri de Régnier e Edgar Allan Poe — alguns deles citados nominalmente ao longo de suas narrativas.

Em "Bate-papo com o coisa-ruim", a mais longa das seguintes narrativas, recupera-se de forma original um tropo presente no imaginário popular. Trata-se do conhecido tópico do pacto com o diabo, tão caro à literatura ocidental, em especial àquela produzida durante o romantismo, atualizada para o período da Primeira Guerra Mundial. O *coisa-ruim*, solução literária deveras inventiva do tradutor, é o epíteto do personagem Damian, em torno do qual gira a fabulação.

Tem-se aí também um jogo inventivo com o ponto de vista narrativo, que se repetirá em todos os outros contos do livro. A parte inicial da história, narrada em primeira pessoa, dá lugar a uma segunda parte na qual o ponto de vista é transferido para a voz de um indivíduo. Esse personagem é sutilmente nomeado Pilade, que relata sua própria experiência e a de seu amigo

---

5. Cf. Nicoară (Bledea), 2021, pp. 618–623.
6. Cf. Gheorghe Glodeanu, 2022.

Oreste,[7] ambos escritores, com o coisa-ruim. Ao longo da trama, essas vozes narrativas se intercambiarão, instigando o leitor a mergulhar no sobrenatural em meio às notícias da guerra. Nesse sentido, Minulescu também se mostra um observador arguto de seu tempo, ao interpretar os rumores e a experiência da guerra — a *história dentro da história* se passa entre julho e agosto de 1916 — de forma fantástica. É significativo, ainda, que as duas próximas histórias do livro sejam dedicadas a escritores que morreram em combate na Primeira Guerra Mundial: Andrei Naum (1875–1917) e Mihail Săulescu (1888–1916).

Em "A gravata branca", o narrador é um recém-nomeado ministro das artes que organiza uma recepção oficial aos seus antigos colegas, na sua maioria boêmios, todos trajados a rigor. Os convidados sentem a ausência de Toma Radian que, conforme será informado pela carta recebida pelo ministro, se recusa a usar gravata branca. Na dobra narrativa, a carta que explica os motivos da ausência de Radian na celebração configura-se em enunciado da história fantástica. Fundamento da estrutura narrativa cara ao gênero, repete-se o artifício de uma história dentro de outra. É possível comparar a estrutura narrativa à figura da *caixa de Pandora* que guarda a gravata branca, detonadora do insólito na trama. Além disso, Toma Radian é apresentado como um "famoso autor daquelas poucas novelas fantásticas que conseguiram destruir os nervos dos alunos de liceu e desnortear todos os pontífices do romance social da época."

Já "O homem do coração de ouro" começa com o narrador introduzindo um amigo, Dumitru Dumitrescu Dum-Dum.[8] Sua imagem é associada a Edgar Allan Poe: "um intelectual no estilo de Edgar Poe. Assim como seu incomparável confrade de além-mar, Dum-Dum bebe todo tipo de álcool sem nenhuma preferência, até cair debaixo da mesa." Em dado momento, fan-

---

7. Referência clara aos personagens da mitologia grega Pílades e Orestes, que, por sua vez, também inspiraram Machado de Assis em um conto intitulado exatamente "Pílades e Orestes".
8. Pseudônimo do escritor vanguardista romeno Urmuz (1883–1923).

tasmagoricamente, Dum-Dum interpela o narrador, mostrando-lhe um camafeu que adornava seu anel que lhe havia sido tirado, em seu próprio quarto, por quem ele nomeia "o homem do coração de ouro". Como nas narrativas anteriores, o ponto de vista narrativo é multiplicado como em um jogo de espelhos: o primeiro narrador conta a história do amigo, que por sua vez narra as peripécias — desde a corte de Luís XIII ao início do século XX — de Abraão Zaqueu, o homem do coração de ouro.

Por fim, o leitor é surpreendido, na última história que compõe este livro, por uma dicção lírica e melancólica, porém não despida de ironia. Em "A água, o ganso e a mulher", dedicada à memória do poeta romeno Dimitrie Anghel (1872–1914), o narrador apresenta o mistério em torno do suicídio de um amigo, a partir de uma rasura em uma inscrição comemorativa "de letras latinas e tortas". Ela remete ao amigo morto, Adrian Mantu, e a uma mulher, Ada.

Revelar mais sobre o que guardam as histórias não é possível. Resta ao leitor notívago vislumbrar os jogos de máscaras urdidos por Ion Minulescu na fronteira entre realidade e imaginário.

BIBLIOGRAFIA

DUGNEANU, Paul. *The identity of the Romanian Pre-Avant-Garde*. In: DICE — *Diversité et Identité Culturelle en Europe*. Bucareste, n. 8, v. 1, pp. 66-76, 2011. Disponível *online*.

GLODEANU, Gheorghe. *Bajo el sello del régimen nocturno de lo imaginario*. In: *Ágora – Papeles de Arte Gramático*, n. 11, pp. 259–270, Primavera, 2022. Disponível *online* no site da Biblioteca Virtual Miguel de Cervantes.

MANEA, Irina-Maria. *Un simbolist aparte*. In: *Arhivat*, 15 de janeiro de 2012. Disponível *online*.

RALUCA, Nicoară (Bledea) G. *Viziunea Minulesciană Despre Fantastic* [Minulescian's Vision of the Fantastic]. In: *Journal of Romanian Literary Studies*, Bucareste, n. 27, v. 1, pp. 618–623, 2021. Disponível *online*.

Para serem lidas à noite

Ao leitor

Histórias são como mulheres.
Nunca sabemos por que gostamos delas...
De um certo tipo de mulher, Villiers de L'Isle Adam diz que c'est la femme qu'on aime à cause de la nuit.
Creio que o mesmo possa ser dito das minhas histórias.
Quer gostar delas?
Leia-as só de noite.
Leia-as de noite, ou então... não as leia jamais.

Bate-papo com o coisa-ruim[1]

I

Num determinado momento, o amigo, com quem estava à mesa no terraço da cafeteria Rimanóczy, na Grande Oradea,[3] amarelou e começou a tremer como se sofresse de malária. Em seguida, sem nada dizer, ergueu-se da cadeira e caminhou, quase aos tropeços, na direção de um senhor que nos fitava da beira da calçada, com um sorriso malicioso que mais parecia um olhar vingativo.

Uma vez diante dele, meu amigo estendeu a mão, visivelmente embaraçado, na direção do desconhecido, e com ele travou uma conversa cujo eco, no início, ainda não chegava até mim.

A curiosidade pelo acontecimento que se sucedia com a rapidez de uma reviravolta teatral me fez ultrapassar a discrição que uma pessoa polida tem de assumir em tais circunstâncias. Em vez de terminar o sorvete que começava a derreter no meu prato, posicionei os cotovelos em cima da mesa e dirigi o olhar para os comparsas da tragédia que se desenrolava à minha frente. Digo tragédia, pois o comportamento do meu amigo ao encarar o desconhecido me deu a entender, desde o primeiro instante, que se tratava de um encontro inesperado e, sobretudo, desagradável.

1. Em memória de Oreste, poeta romeno com quem, anos a fio, convivi junto à antiga fronteira em Predeal, fronteira que ele não teve a sorte de ver estendida quase até as margens do Tisza. [N. A.][2]
2. Referência à antiga fronteira romena do pré-Primeira Guerra. A localidade romena de Predeal ficava na fronteira com a Transilvânia, território que então fazia parte do Império Austro-Húngaro. Com o fim da Primeira Guerra e o consequente esfacelamento do Império, a Transilvânia passou a fazer parte do Reino da Romênia, que assim se expandiu, com base em critérios étnico-demográficos, quase até o leito do rio Tisza. [N. T.]
3. Oradea Mare foi o nome, à época da redação do texto, da atual cidade romena de Oradea, próxima à fronteira húngara. [N. T.]

Esforcei-me por adivinhar quem é que poderia ser aquele *trouble-fête* que transformava o meu amigo, verdadeiro atleta que era, num trapo merecedor de uma lata de lixo.

Pela aparência, devia ser da classe média. A roupa lhe caía como se fosse emprestada, enquanto o chapéu, miúdo e enfiado no cocuruto, se movia ao ritmo da mandíbula como se um dedo invisível o erguesse cada vez que abria a boca para falar. Baixo e magro, de nariz adunco, careca e ressequido como um figo desidratado, os poucos fios de pelo ruivo à guisa de barba pareciam de todo supérfluos. Com o quadril esquerdo protuberante, apoiado numa bengala sólida e nodosa, imaginei que o desconhecido mancasse. A estranheza de seu aspecto geral, no entanto, não sei por quê, me fez acreditar que tanto a barba quanto a enfermidade ortopédica fossem falsas. De início, suspeitei que talvez fosse um credor negligenciado ou o pai de uma moça seduzida, pois sei que, para além de literatura, boxe, futebol e luta francesa, meu amigo também se dedicava àqueles dois outros esportes menos dignos.

À medida, porém, que a conversa continuava, a inquietação do meu amigo parecia minguar. Podia-se até mesmo observar que suas pernas não tremiam mais. Sua voz também assumiu tal amplitude que fui capaz de apanhar uma ou outra palavra isolada. Pouco a pouco, a tragédia do primeiro momento se transformou numa comédia de salão, acentuada vez ou outra por sorrisos discretos, acompanhada por gestos imbuídos de elegância cênica.

A impaciência por decifrar o mais rápido possível a charada daquelas duas personagens misteriosas — pois, naquele momento, meu amigo se tornou para mim tão misterioso quanto o desconhecido com quem conversava — me fez curvar-me ainda mais por cima da mesa de mármore sobre a qual o sorvete se liquefazia por completo. Agucei os ouvidos como um cão à espreita, ou melhor, como um Apolônio[4] qualquer, desprovido, porém, da cortina de praxe.

---

4. Referência à personagem de Shakespeare, que espiona Hamlet por detrás de uma cortina. [N. T.]

As primeiras palavras que apanhei foram: *Predeal, Oreste, 15 de agosto, Seu Jorj, Santa Maria*... e depois: *vitória, Dniester, Tisza, Grande Romênia* e, finalmente, o seguinte diálogo apressado, conciso e teatral como um final de ato.
— Quando nos veremos de novo?
— Talvez nunca mais... talvez hoje mesmo...
— Você ainda vai ficar muito tempo por aqui?
— Não tenho como lhe dizer.
— Justo você, que sabe tudo?
— De que adianta, se não posso lhe dizer tudo o que sei...!
— Inclusive que pode estar em toda parte?
— E ao mesmo tempo em lugar nenhum...
— Quer dizer que você não gosta mais de mim...
— Começou a duvidar de novo de mim?
— Adeus, então... ou, talvez, até logo.
— Talvez, até logo...

Nisso, meu amigo apertou a mão do desconhecido, que se afastou, não antes de me cumprimentar também. Respondi-lhe tirando o chapéu e erguendo-me levemente da cadeira, de certa forma envaidecido pela atenção de uma pessoa cuja boa educação, até então pelo menos, foi-me dado reconhecer.

Meu amigo, mantendo ainda uma tênue nuance da palidez anterior, retornou à mesa e se reinstalou na cadeira. Passou a mão pela testa, perdeu no firmamento o olhar cansado e suspirou, longa e profundamente, como se houvesse evitado uma desgraça quase fatal.

Sem suspeitar a natureza da emoção repercutida em sua alma como círculos de água ao redor de uma pedrinha atirada ao lago, curioso e quase apressado, perguntei-lhe, com a mais cândida e autêntica ingenuidade:

— Quem era esse cara?

À guisa de resposta, meu amigo me encarou. E me encarou com aquela insistência gélida que as pupilas não raro tomam emprestada aos gumes de um punhal e, com mais eloquência do que se falasse, mexeu três vezes a cabeça rija como um brinquedo de madeira, cuja articulação só funciona numa direção.

Seu novo comportamento me transmitiu os primeiros calafrios de uma sensação ainda por definir.

— E aí? Dando uma de difícil?... Pessoa da alta?...

— Superalta... Era o demônio!...

Dei um leve sorriso. A piada do meu amigo me humilhava. No entanto, a lembrança de seu estado de espírito de alguns momentos antes me fez sentir os lábios frios e a saliva acidulada, como se a sua resposta espremesse um limão entre os meus dentes.

— Que demônio?

— O demônio, o verdadeiro... O capeta... O coisa-ruim!...

Não sabia o que pensar. Estaria brincando comigo, ou será que aquele encontro inesperado com o desconhecido teria mexido com seus miolos para além dos limites do equilíbrio mental? Meu sorriso desapareceu como um lampejo falso na escuridão da noite e, talvez tão crispado quanto aquela imagem da noite, perguntei-lhe:

— O que é isso, você ficou maluco?... Quem era esse cara com quem você conversou sobre Oreste e a Grande Romênia?[5]

Meu amigo de novo me encarou com a insistência gélida e luzidia dos gumes de um punhal, da qual, dessa vez, porém, desviei com um gesto reflexo. Não sabia o que se passava dentro da alma dele. O mais triste para mim, naquela hora, era o fato de eu mesmo não compreender o que se passava de verdade dentro da minha própria alma.

— Ouça aqui. Acabe agora com esse teatro, que já tem gente olhando. Quem era aquele capenga com chapéu de palhaço?

O meu amigo não era louco. Senti, no entanto, com o passar de cada minuto, como eu me aproximava da mesma loucura que nele desconfiava.

Calmo, sereno e humilde como um padre que recita a oração conforme a indicação dos cânones, após me pegar pelo braço e

---

5. Expressão utilizada para designar a Romênia pós-Primeira Guerra Mundial, que teve suas fronteiras modificadas por sensíveis ganhos territoriais. [N. T.]

caminhar comigo ao longo da rua do outro lado da ponte que cruza o rio Criş, meu amigo me contou, demonstrou e convenceu, frase por frase, palavra por palavra, que o desconhecido que o fizera amarelar e tremer, embora alegasse se chamar Seu Damian, não era outro senão o coisa-ruim, nome diante do qual os fiéis se persignam e que os perdidos invocam e adotam como razão última e suprema da vida.

— Ah, se eu fosse louco — disse-me ele —, se eu fosse louco, talvez fosse mais feliz, pois assim nada disso que lhe conto seria verdadeiro. Mas não... Damian existe... Você viu... Ele te cumprimentou e você respondeu. É exatamente conforme a descrição dos livros sagrados e as histórias dos anciãos. Você chegou a olhar bem em torno dele? O corpo não projeta sombra e, se você colocar um espelho na frente dele, notará que a imagem não se reflete. Aparece e desaparece a seu bel-prazer e, caso sinta necessidade de se encontrar em vários lugares ao mesmo tempo, é possível vê-lo, no mesmo instante, tanto aqui na Grande Oradea, como em Colombo ou Caracas!... Se Oreste não estivesse morto, ele seria capaz de repetir exatamente as mesmas coisas que estou lhe contando. Não me acuse de má-fé, não tenho motivos para estar mentindo. Pelo contrário, sinto o dever imperativo de informá-lo quanto ao que houve comigo e Oreste, seis anos atrás, em Predeal...

Chegamos em frente à antiga escola húngara de cadetes. Meu amigo de repente estacou, como se alguém houvesse tocado no seu ombro. Olhamos em derredor. Ninguém. Naquele momento, no entanto, diante de nós, como se saído de um buraco debaixo da terra, apoiado na bengala nodosa, surgiu Seu Damian, fitando-nos com o mesmo sorriso gélido e desdenhoso com que, meia hora antes, se apresentou na calçada da cafeteria Rimanóczy.

Apertamos, por instinto, o braço um do outro, como se pudéssemos, assim, atenuar o impacto iminente. Senti o suor frio me encobrindo a testa como uma compressa de gaze, ao mesmo tempo que comprimi os dentes, temendo aspirar a atmosfera tóxica que parecia me sufocar. As palavras do meu amigo, no entanto, me fizeram recobrar a consciência:

— Permita-me lhe apresentar um grande amigo meu e do pobre Oreste.

Em seguida, dirigindo-se a mim:

— Seu Damian, um velho e inestimável conhecido de Predeal.

Seu Damian parecia esculpido em gesso. O sorriso grotesco imobilizou seus lábios, como uma maquiagem teatral. Ao tentar lhe estender a mão, senti não ter forças para movê-la. Paralisava-me a ideia de estar diante do coisa-ruim, em cuja existência não acreditava desde o primário. Para superar o embaraço da situação, meu amigo continuou:

— Estava justamente falando sobre as circunstâncias em que nos conhecemos e como...

O balido de uma cabra, muito semelhante à voz humana, interrompeu sua frase. Seu Damian se pôs a falar.

— A imaginação dos poetas, na maior parte das vezes, supera a realidade e estrangula o verossímil. Ainda bem que a maioria das pessoas que frequenta a igreja não lê poesia, e aqueles que leem e acreditam na conversa fiada dos poetas não vão à igreja.

— Você ensina por alegorias, como sempre.

— O único ensinamento que me permiti passar-lhe, e que ainda hoje repito, é este: em vão o senhor tenta inverter, com suas histórias fantásticas, o sentido dos dois mundos, dos quais o senhor não raro sai demasiado cedo após quase sempre entrar demasiado tarde. Quem ainda pode acreditar nelas, não as lê mais, e quem ainda as lê, não acredita mais.

Meu amigo mordeu, de raiva, os próprios lábios. Ele decerto compreendia melhor do que eu as palavras do Seu Damian, que parecia haver terminado tudo o que tinha a dizer. Após um instante de silêncio e constrangimento recíproco, Seu Damian pôs de novo em movimento a mandíbula e, com ela, os fios de barba, o chapéu, a bengala, a perna capenga e, finalmente, todo o seu corpo de boneco mecânico.

— Encantado por conhecê-lo e, caso se repita a oportunidade, permaneço ao seu dispor, a qualquer momento...

Vimo-lo desaparecer por entre as árvores do parque, na direção da rua que os romenos batizaram de "Aurel Vlaicu" e, após abandonar o nosso campo de visão, fitamo-nos com certa insistência, como se querendo certificar um ao outro a nossa própria presença.

Meu amigo, recobrando a boa disposição, bateu-me no ombro com a ternura patriarcal de um protetor sincero e, antes de eu conseguir me recuperar, me perguntou:

— Então, o que me diz?... Não é verdade que o Seu Damian não é propriamente um Seu Damian qualquer?... Viu, ele apareceu de propósito no nosso caminho, para você poder conhecê-lo. Não pode imaginar o quanto é vaidoso. Se eu não soubesse quem é, diria que é um advogado provinciano cheio de ambições políticas. Parecia querer que eu parasse de contar o que houve em Predeal. A intenção dele, porém, foi a de aumentar a sua curiosidade; e, sabendo que você não acredita na existência dele, ele procurou convertê-lo por meio de uma aparição misteriosa e frases de duplo sentido.

∽

Quinze minutos mais tarde, à mesma mesa do terraço da cafeteria Rimanóczy, em que vira o Seu Damian pela primeira vez, meu amigo me contou o que segue.

II

Você bem sabe que Oreste e eu, por vários anos seguidos, passamos juntos os verões em Predeal. Ele precisava de ar puro, e eu, de silêncio. Quando chovia, ficávamos em casa ou nos aventurávamos, no máximo, até o restaurante da estação ferroviária ou até o Klein, do outro lado da antiga fronteira, onde remendávamos ou terminávamos os lanches trazidos de Bucareste. Entre uma e outra mordida, falávamos mal de quem não estava presente e lamentávamos a sorte de quem tivesse ficado no Terasă ou no Imperial. Quando o tempo estava bom, porém, explorávamos a estrada serpentina do vale do Timeș e a senda por nós descoberta, descendo por entre os abetos até o convento de freiras, onde Oreste, três anos a fio, em vão esperou encontrar uma companheira de aventuras românticas, com o que tencionava ficar para a posteridade. Ao anoitecer, já cansados de subir os 237 metros de altitude que separam Marienhof de Predeal, Seu Jorj nos recebia de braços abertos, com aquele seu sorriso franco de cocheiro das velhas gravuras inglesas. Nossa comida era preparada separadamente, e nem constava na lista de refeições destinadas aos viajantes ou funcionários da C. F. R.[6] Orgulhoso de ter dois escritores bucarestinos entre seus clientes, Seu Jorj nos oferecia, em seu restaurante da estação ferroviária de Predeal, preços mais do que decentes; em Bucareste, sempre que nos encontrávamos, não escapávamos antes de comer a seu convite, ao menos uma vez, no Enescu ou no Iordache. Digo-lhe essas coisas para que possa compreender que tipo de relação tínhamos com o mais importante personagem de Predeal, excetuando as autoridades locais.

Certo dia, decidimos ir até Azuga tomar um banho de vapor na fábrica de flanela. Partimos com o trem de passageiros das 2h55, planejando retornar com o trem rápido das 9h da noite. O acaso, porém, nos fez encontrar um amigo, redator do *Acțiunea*, que, naquela altura, era o meio de comunicação oficioso do Take Ionescu.[7] Subentende-se que, entre pessoas da mesma profissão, depois do costumeiro "Bom dia, como vai?", segue-se o inevitável "Quais são as novidades?".

Nossa neutralidade expectadora[8] começava a importunar as pessoas. O takista alegava ter notícias quentes de Bucareste,

---

6. Companhia Ferroviária Romena. [N. T.]
7. Take Ionescu (1858–1922), advogado, jornalista e político romeno, famoso pelo dom da oratória, ocupou, entre outros, o cargo de primeiro-ministro entre 1921 e 1922. Morreu de infecção bacteriana causada pela ingestão de ostras contaminadas. [N. T.]
8. Em agosto de 1914, diante da eclosão da Primeira Grande Guerra, o Conselho da Coroa posicionou a Romênia em estado de neutralidade, conhecido também como expectativa armada. [N. T.]

conforme as quais Brătianu[9] estaria traindo a causa de nossos aliados posteriores, e os antiententistas queriam denunciá-lo e gerar protestos de rua.[10] Take Ionescu, contudo, mais prudente, teria se eclipsado diante de Nicu Filipescu,[11] deixando para ele a honra e os louros do cavaleiro *sans peur et sans reproche*.

Cansado do banho, Oreste começou a bocejar, interrompendo a conversa de vez em quando com um "Vai ficar tudo bem, meu irmão". Eu, porém, liberal de três gerações, como sabe, me inflamei e tentei convencê-lo com argumentos — aliás, tão insuficientes e pomposos quanto os dele — de que as notícias de Bucareste eram falsas, que Take Ionescu não era mais do que um embusteiro sinistro tentando aliciar o Filipescu, e que Brătianu é o único estadista romeno que sabe o que faz e faz o que deve.

Da rua, a conversa continuou na cantina da fábrica, onde, depois das primeiras canecas de cerveja, ao nosso grupo de três se acrescentaram mais quatro desconhecidos, que nos interpelaram sem se apresentar, e depois mais sete, atraídos pela paixão da mesma pergunta torturante: "Estamos do lado de quem? Do lado de quem devemos estar?..."

Uns defendiam o jornalista takista. A Romênia tinha perdido o trem da história. E por não ter podido declarar guerra à Áustria, logo após os russos ocuparem Lemberg, só lhe restava aliar-se às Potências Centrais para ganhar ao menos a Bessarábia. Mas, nesse caso, como ficava a Transilvânia? Como ficava a nossa fraternidade sanguínea com a França e a Itália? E, mais ainda, como ficava a trai-

---

9. Ionel Brătianu (1864-1927), político romeno, presidente do Partido Nacional Liberal, ocupou, entre outros, cinco vezes o cargo de primeiro-ministro entre 1909 e 1927. [N. T.]
10. Referência à posição da Romênia na Primeira Grande Guerra. Inicialmente neutra, a Romênia entrou na guerra, do lado da Tríplice Entente, em agosto de 1916. [N. T.]
11. Nicolae Filipescu (1862-1916), político romeno, ocupou, entre outros, os cargos de prefeito de Bucareste e de Brăila. Em 1897, matou o político e jornalista George Emanuel Lahovary num duelo em Bucareste. [N. T.]

ção do Brătianu, que mantinha madrugadas a fio uma conspiração secreta com Marghiloman[12] e até mesmo com Petre Carp?[13]

Outros, menos extrovertidos, admitiam a possibilidade de entrarmos na guerra do lado dos franceses e ingleses. As dificuldades diplomáticas que os russos criavam para nós — das quais alguns dos desconhecidos à nossa mesa estavam a par — faziam-nos sair em defesa do Brătianu e aprovar sua posição de se abster de qualquer gesto decisivo antes de obter garantias suficientes.

Mas a verdade é que todos os participantes da discussão eram mais ou menos obturados em matéria de política externa e, quando penso, hoje, no barulho que reuniu, seis anos atrás, quase toda a população de Azuga em torno da nossa mesa na cantina, tenho ganas de rir da ingenuidade da multidão, ao mesmo tempo que me envergonho da capacidade dos jornalistas bem-informados.

Mas deixe-me retornar ao que interessa.

Enquanto isso, começou a anoitecer. As sirenes das fábricas uivaram uma após a outra e os operários passaram diante de nós como um autêntico símbolo da vida serena que, em vão, tentávamos assombrar com as nuvens da nossa eloquência e pedantismo de quermesse. Eram indiferentes à nossa presença rumorosa, que lhes devia parecer um espetáculo tão pouco interessante quanto uma matilha de vira-latas brigando por um osso.

Num determinado momento, um dos desconhecidos nos perguntou:

— Mas vocês quando voltam para Predeal?

— Esta noite — respondi.

Naquele instante, Oreste pulou da cadeira, aos gritos:

— O trem... O trem está chegando... Boa noite, senhores...

Não sei se a Romênia terá ou não perdido o trem, mas nós com certeza estaremos em apuros se perdermos o nosso.

---

12. Alexandru Marghiloman (1854–1925), político romeno conservador, foi primeiro-ministro em 1918. [N. T.]
13. Petre P. Carp (1837–1919), político romeno conservador, foi primeiro-ministro em 1900–1901 e em 1911–1912. [N. T.]

E quase sem nos despedirmos, corremos até a estação, aonde chegamos no momento em que a lanterna vermelha do último vagão se refletia na plataforma.

Olhamos um para o outro, parabenizando-nos mutuamente pelo sucesso obtido com a política externa do horário dos trens, e nos perguntamos o que nos restava fazer. Tínhamos de dormir em Azuga ou arranjar uma charrete que nos levasse até Predeal. A segunda opção, porém, era mais complicada porque, naquela região de fronteira, as autoridades proibiam a circulação durante a noite. Nós, inclusive, tivéramos de obter autorização especial para ficar em Predeal. Após refletirmos sobre o que deveríamos fazer, Oreste me disse:

— E se formos a pé? Já fiz esse caminho. São só onze quilômetros. Em duas horas estaremos em Predeal. E temos lua cheia esta noite...

Aceitei a proposta de Oreste e nos pusemos a caminhar.

Aquela era, de fato, uma noite fabulosa. A estrada e os arredores pareciam um cenário de teatro, pelo qual a lua cheia passeava suas manchas de luz e sombra ao ritmo de nossos passos. Vez ou outra, o rio Prahova se aproximava da estrada, como se quisesse nos fazer companhia, e o rumor de suas águas parecia despertar, entre as árvores, o eco da discussão na cantina. Oreste procurou no céu a constelação de Cassiopeia que, segundo as explicações de Anestin,[14] deveria estar do lado oposto da Estrela Polar, na extremidade do eixo da Ursa Menor. Um confrade tinha falsificado sem querer a personalidade numérica da constelação e, apenas para criar uma simples figura poética, comparou a Cassiopeia à sua amada, que tinha três pintas no queixo. O equívoco do poeta inculto fez o deleite das tertúlias literárias, e Oreste encontrou naquela noite a oportunidade de se convencer pessoalmente da grande diferença entre as três pintas da Dulcineia e as sete estrelas principais da Cassiopeia. O luar,

---

14. Victor Anestin (1875–1918), jornalista, autor de ficção científica e astrônomo romeno. [N. T.]

no entanto, ocultava a maioria das estrelas e, como nem ele nem eu possuíamos um notável conhecimento astronômico, fomos obrigados a postergar nossa exploração para uma outra noite.

Caminhamos sem parar por quase uma hora e percorremos mais da metade do caminho. Bem-dispostos como soíamos sempre que juntos, pusemo-nos a planejar a publicação de uma nova revista literária, profetizando futuros prêmios da Academia, quando, de repente, uma nuvem, que se ergueu pérfida e teimosa por detrás do monte Clăbucet, estragou toda a nossa disposição.

— Rápido, que vai chover — suspirou Oreste.

E, naquele momento, lembramo-nos de que estávamos vestidos com roupas de linho, sem casaco, sem guarda-chuva e sem a perspectiva de um refúgio caso necessário.

Mas a nuvem adversa pareceu adivinhar o nosso temor e, à medida que subíamos apressados, ela veio em nossa direção e, num dado momento, encobriu a lua. Passamos a caminhar no escuro. O frio espalhou arrepios pelas nossas costas. Alguns instantes depois, as primeiras gotas de chuva tamborilaram esparsas sobre os nossos chapéus de palha, intensificando-se, até se transformarem numa chuva fria e veloz, da qual só podíamos esperar, no mínimo, uma pneumonia. A sorte foi que, às margens da estrada, identificamos na escuridão um banco de pedra com uma cobertura de telhas de madeira, debaixo da qual ambos nos agachamos, abençoando o nome do ministro de Obras Públicas, que tivera a feliz ideia de pontuar o caminho entre Azuga e Predeal com tais refúgios oficiais.

Enquanto isso, a chuva se transformou numa verdadeira tempestade. Relâmpagos céleres e frequentes iluminavam fugazmente as redondezas e, após cada trovão, os raios pareciam concluir o capítulo de um poema trágico que a chuva lia em voz alta.

Onde exatamente nos encontrávamos, não sabíamos. Era quase meia-noite e a chuva não parecia disposta a cessar. Apalpávamo-nos com medo e ternura como dois náufragos, irmanados pela mesma viga flutuante, sem vislumbrar nada além da escuridão da noite, perguntando-nos, para incutir coragem, se faltava muito para chegar à costa.

Num dado momento, um tilintar de sininhos que soava bem à nossa frente nos sobressaltou. Quem seria e de onde estaria vindo a redenção anunciada por sininhos que até então não ouvíramos?

A silhueta negra de alguém se destacou do meio do caminho e uma voz desconhecida nos chamou pelo nome:

— Boa noite, Seu Oreste... O que é que aconteceu, Seu Pilade?... Venham comigo, que estou de charrete... Estou vindo de Sinaia.

O desconhecido se aproximou e, com um gesto, convidou-nos a segui-lo. Perplexo com tanta precisão, perguntei-me que espécie de olhar aquela pessoa tinha para conseguir nos enxergar naquela noite em que nós mesmos não lográvamos ver nem sequer a sua cara, para ao menos saber com quem estávamos tratando. Nem a charrete de que falara podíamos ver, deduzindo-a apenas pelo tilintar dos sininhos no pescoço dos cavalos.

Ao perceber nossa hesitação, o desconhecido se aproximou mais, tirando o capuz que cobria o seu rosto.

— Ei, não me reconhecem? Sou o Damian de Predeal.

A verdade é que nem eu nem Oreste o conhecíamos. Apesar disso, deixamo-nos convencer de que éramos velhos conhecidos e, antes de deixar o banco sob cuja cobertura havíamos nos refugiado por quase duas horas, agradecemos-lhe o favor que nos fazia na hora certa e com tanta boa vontade.

Ao nos erguermos do banco, Seu Damian nos chamou a atenção para contornar uma poça que não víamos e nos conduziu até a charrete de capota erguida, cuja presença se confundia com aquela noite, mais negra que breu.

Após ocuparmos lugares sobre confortáveis almofadas, Seu Damian cobriu-nos as pernas com a coberta de couro e subiu na boleia.

Oreste me fez um sinal de estupefação antes de dizer:

— Seu Damian, o senhor vai pegar chuva. Melhor ficar conosco aqui dentro.

À guisa de resposta, Seu Damian deu uma rumorosa gargalhada, como se houvéssemos dito uma besteira, no que chicoteou os cavalos, que se puseram em trote colina acima. Ao mesmo tempo, porém, ele se virou para nós e, inclinando a cabeça por baixo da lona da charrete, nos disse:

— A chuva me conhece melhor que os senhores. Não se preocupem, que a água do céu não me atinge!... Mas os senhores estão bem? Estão um tanto molhados... Não estão com frio?...

— Obrigado, estamos bem.

— Então está bem...

Se eu lhe disser que até chegarmos em Predeal não fomos capazes de nos recobrar, você talvez não acredite. Esse desconhecido que alegava nos conhecer, mas que jamais tínhamos visto, assim como a maneira misteriosa com que surgira e nos descobrira debaixo da cobertura do banco de pedra, que a chuva e a escuridão confundiam com a noite, insinuou em nosso íntimo uma vaga dúvida quanto à inexplicável realidade que estávamos vivendo. Embora mais impressionável que eu, Oreste tentava se controlar mais, dirigindo-se vez ou outra a ele, num tom irônico, certo de que nosso benfeitor não percebia.

— Tudo vai ficar bem, Seu Damian!... Não é?...

E a voz do desconhecido, de cima da boleia, replicava como se parafraseasse ao mesmo tempo a intenção de Oreste e o ronco da chuva.

— Beeem... Beeem... Tudo vai ficar bem!...

Ao desembarcarmos da charrete no pátio da estação ferroviária, a luz do lampião nos possibilitou observar melhor o nosso misterioso benfeitor, que se apresentara como Seu Damian. A primeira constatação, que nos inquietou de novo a alma, foi que, embora tivesse ficado o tempo todo na boleia, o capote do cocheiro estava mais seco do que se houvesse sido retirado do armário naquele instante. Aquilo que nos dissera meia hora antes era verdade. A água do céu não o atingia, como o traço de uma pena molhada em tinta numa folha de papel manteiga.

Agradecemo-lo e o convidamos ao restaurante para bebermos juntos. Seu Damian, no entanto, alegou estar apressado e, após marcar um encontro para o dia seguinte, açoitou os cavalos e desapareceu de charrete na estrada que ia para a fronteira.

Para onde poderia ir, numa hora daquelas, quando o tráfego estava interditado tanto pelas nossas autoridades como pelas húngaras, éramos incapazes de imaginar. Por alguns instantes pudemos ouvir o tilintar dos sininhos que se perdiam na noite, acompanhando a sinuosidade da estrada que descia na direção do Timeş.

No restaurante não havia mais nenhum cliente. Seu Jorj fazia os cálculos junto com os garçons. À sua perplexidade, ao nos ver encolhidos de frio e encharcados, seguiram-se as nossas explicações, em que o Seu Jorj pareceu não querer acreditar.

Quando lhe perguntamos quem era aquele Seu Damian, o patrão do restaurante deu de ombros com desconfiança e respondeu na lata:

— Um grande espertalhão. Não sei como diabos veio parar este ano em Predeal... Mas seja lá o que esteja fazendo, coisa honesta não é.

— Contrabando? — perguntamos.

— Todo tipo de negócio... Ele sempre aparece onde menos se espera, sem que se possa imaginar o que esteja fazendo ou armando. Dá uma de dono aqui. Tanto os nossos como os húngaros estão nas mãos dele...

As explicações do Seu Jorj, adicionadas às nossas próprias constatações, aumentaram ainda mais a inquietação que a aparição inesperada de Seu Damian produzira na minha alma e na do Oreste. Nossas conclusões, porém, pareciam tão inverossímeis que, naquela noite, evitamos dizê-las. Basta lhe contar que, antes de apagarmos a lamparina, aproveitei-me do fato de que Oreste estava dormindo e pus-me a examinar detalhadamente embaixo das camas e dentro do guarda-roupa, como uma criança tomada pelo medo após ler um conto fantástico.

Eis as peripécias de nosso primeiro encontro com Seu Damian.

E então o meu amigo se calou.

Enquanto isso, eu nada disse. Os sentimentos que me assolavam não me permitiam senão manifestar minha impaciência e curiosidade em saber como terminara a aventura com uma única frase:

— E depois?

— Depois? Tenha paciência para eu preparar a continuação. Nunca leu histórias dos nossos autores nacionais para saber como continua? Você precisa pegar um cigarro, ou melhor, um cachimbo... Acende, traga duas ou três vezes, suspira profundamente e, em seguida, recomeça.

À medida que falava, meu amigo fez exatamente o que disse, ou seja, pegou uma cigarrilha, acendeu, tragou três vezes, suspirou, mudou de posição na cadeira, e continuou.

III

No dia seguinte, nasceu um sol magnífico, como se de propósito, a fim de eliminar os últimos vestígios de chuva da noite anterior.

Oreste estava me esperando no restaurante da estação ferroviária, onde Seu Jorj complementava as informações sobre Seu Damian. Aquele personagem misterioso aparecia e desaparecia em Predeal em datas irregulares. Sempre sozinho e refratário a qualquer pessoa, exceto aquelas impostas pela necessidade da troca de alimentos por diversos artigos industrializados, que ele realizava entre a Romênia e a Hungria, Seu Damian levava do vale do Prahova trigo e milho, e trazia de Brașov remédios, vidros e objetos necessários à vida doméstica. Ninguém, contudo, sabia onde morava, o que comia, de onde era, nem o que fazia antes de se dedicar à única atividade rentável durante o período de neutralidade. Os funcionários de ambas as alfândegas o apreciavam, pois era muito generoso. Seu Jorj, no entanto, não o engolia, pelo simples motivo de Seu Damian jamais lhe ter dado a honra de comer em seu restaurante. Além do mais, o misterioso personagem, sempre que surgia a ocasião, fazia as vezes de agiota, o que irritava tanto Seu Jorj quanto seu sócio, que detinha a concessão do câmbio de moedas em Predeal.

Embora naquele dia já pudéssemos nos gabar de saber sobre Seu Damian um pouco mais do que no dia anterior, nossas investigações não pararam aí e passaram para a delegacia de polícia de Predeal.

O delegado, um rapaz fino, formado em Direito e nosso amigo do *Imperial*, segredou-nos, após empenharmos nossa palavra de honra, que a verdadeira missão de Seu Damian em Predeal devia ser a de espião dos romenos, pois seus superiores lhe haviam dado, em segredo, a ordem formal de não lhe criar nenhuma dificuldade, fechar os olhos a todos os negócios que pudessem parecer suspeitos e, em caso de necessidade, oferecer-lhe, até mesmo em nome das autoridades, qualquer ajuda de que precisasse. É verdade, porém, que, até então, Seu Damian não precisara do concurso da polícia romena. O misterioso personagem atuava sozinho, com seus próprios meios, e atuava com tanta destreza que os agentes secretos de Predeal não haviam conseguido até então descobrir qualquer outra atividade além da exportação de trigo e da importação de diversos produtos industrializados.

Como pode ver, as informações que tínhamos sobre Seu Damian em nada justificavam a atmosfera misteriosa em que o situáramos num primeiro momento. Tanto eu quanto Oreste, porém, concordávamos com o fato de que as suspeitas que haviam hipertrofiado nossa imaginação só podiam encontrar explicação em nossa perturbação nervosa naquela noite em que o conhecêramos, debaixo de uma chuva torrencial e no meio de uma estrada praticamente deserta.

Naquele dia, no entanto, embora tivéssemos encontro marcado, Seu Damian não apareceu. Só no outro dia, 1º de agosto, Seu Damian passou correndo dentro de um automóvel vermelho rumo a Azuga. Ao nos ver, limitou-se a nos cumprimentar com um tremular de dedos ao vento e a gritar:

— Depois do almoço, às duas e cinquenta e cinco.

Achamos que nem daquela vez ele viria e tencionávamos partir com o trem de passageiros rumo a Bucareste, a fim de chegarmos finalmente em casa. Entretanto, exatamente às duas e cinquenta e cinco, no momento em que a locomotiva apitou, pronta para se pôr em movimento, Seu Damian apareceu na plataforma da estação, vestido quase do mesmo jeito que hoje, com roupas que pareciam compradas num mercado de pulgas e aquele chapeuzinho de palhaço, equilibrado no cocuruto pontudo como um monte de feno queimado ao sol.

Só então observamos que o homem mancava e que suas botas emitiam um barulho estranho, como se tivessem solas de madeira.

Nosso reencontro foi dos mais cordiais. Seu Damian nos saudou inclinando levemente a cabeça, sem tirar o chapéu. Em vez disso, estendeu a mão a ambos, e a sua mão áspera e gelada nos deu a impressão de uma pele de cobra conservada num museu de zoologia.

Encontros com gente recém-conhecida são sempre ridículos. Nunca sabemos o que dizer e nos esforçamos em vão por encontrar a frase adequada, a fim de não parecermos íntimos demais, nem indiferentes demais. Seu Damian, porém, que, quando quer, é um admirável orador, pareceu ter adivinhado o impasse em que nos encontrávamos e, sem esperar nosso agradecimento pelo favor que nos fizera quatro noites antes, conduziu a conversa para temas literários.

Neste ponto, permita-me um parêntese maior. Você sabe sobre quem nos falou Seu Damian e sobre qual autor ele fez questão de saber nossa opinião? Aposto que você não tem como adivinhar por nada deste mundo... Pois então, Seu Damian tinha lido *Gaspard de la nuit* de Aloysius Bertrand, cujos poemas ele conhecia de cor, e ainda se ofereceu a nos explicar todas as sutilezas dos *Cantos de Maldoror* de Lautréamont...

Se essa inesperada revelação não nos houvesse confundido, talvez tivéssemos compreendido desde o primeiro momento de quem ele se tratava. Mas o fato de ter encontrado em Predeal alguém capaz de tocar nas minhas cordas sensíveis e convencer Oreste de que *Gaspard de la nuit* são os mais belos poemas em prosa da literatura mundial me fez esquecer por um instante que o nosso benfeitor ainda não cumprira o prazo de quarentena sentimental que havíamos decidido impor-lhe dias a fio.

E eis que, num dado momento, vi-me atravessando o pátio da estação de braços dados com Seu Damian. Oreste tinha ficado alguns passos para trás, acendendo um cigarro. Ao observar, porém, que não nos alcançava mais, virei a cabeça para ver o que ele estava fazendo. Seu Damian também se virou.

Jamais esquecerei aquele momento de terror, acentuado pela vergonha de não poder manifestá-lo diante da pessoa que o produzira em nós dois.

Amarelo como cera, de olhos arregalados atrás de nós, Oreste não conseguiu segurar a emoção diante daquela constatação fantástica. Com a voz embargada pela síncope suprema em que sua alma parecia deixar o corpo, ele sussurrou tão baixo que mal se fez ouvir:

— Onde está sua sombra, Seu Damian? Você não faz sombra sobre a terra?...

A risada cavernosa da pessoa com quem eu estava de braços dados me estremeceu, como se eu estivesse num trem descarrilado.

Olhei em torno dele e, certamente, a mesma palidez invadiu meu rosto naquele momento. À luz ofuscante do sol, o corpo do Seu Damian não projetava nenhuma sombra no chão.

Como resposta, o personagem enigmático dirigiu a seguinte pergunta a Oreste:

— Você por acaso sabe qual é o desígnio do homem sobre a terra?... Fazer sombra ou trabalhar?...

Ambos nos calamos, pois nem um nem outro sabia, ou melhor, não podia responder nada.

Como se retomasse, porém, uma conversa interrompida, Seu Damian continuou:

— Fiquem sabendo que a sombra do homem é um fenômeno perfeitamente secundário. Projetada ou não, ela em nada pode influenciar seu esforço de desenvolvimento pessoal ao longo da vida. É por isso que a sabedoria popular romena diz que os inúteis só servem para fazer sombra sobre a terra.

Como vê, Seu Damian nos falava *ex cathedra*.

Oreste continuou gaguejando:

— Quer dizer que você é uma espécie de Peter Schlemihl do Chamisso...

— Ou o homem que vendeu a própria sombra pela bolsa da fortuna — completou Seu Damian.

— Mas para quem você a vendeu? Para o diabo também?

— O diabo não existe... O diabo somos nós mesmos, tanto você, tanto ele, como eu. O diabo não compra. Ele só faz escambo, pois não podemos comprar a nós mesmos. Tomamos emprestadas, no entanto, intenções que, num certo momento, podem corresponder à personalidade do mal separada da do bem, justamente para podermos encarnar ao infinito a mentira da vida. O bem e o mal, porém, são a mesma coisa, ou melhor, não existe bem nem mal. Só existe o bem que nós mesmos fabricamos para a loteria do instante em que achamos que podemos arriscar a sorte. Mas o que seria mesmo a sorte?... Vocês acham que foi só a sorte que fez a charrete passar pela estrada justamente quando a chuva os paralisou debaixo do telhado do abrigo em que os encontrei?

Oreste não conseguia falar. Adivinhei pelo movimento de seus lábios ressequidos. Então tentei continuar a conversa.

— Você fala como um verdadeiro sábio, Seu Damian. Confesso que nem eu acredito na existência do diabo, e que, até este momento, também estava convencido de que não pode haver gente sem sombra.

— E, apesar disso, existo... Não é verdade que eu existo?... Existo e, como eu, existem outros. Não conhecem o caso do estudante de Praga que vendeu a própria sombra a um agiota? E o tal agiota nem diabo era. Mas a estupidez humana fez do agiota em carne e osso um diabo concebido pelos interesses de uma certa categoria de pessoas...

Conhecia a história do estudante de Praga graças a um filme interpretado por Wegener. Mas o fato de que Seu Damian tentava provar por meio de lendas populares a existência de gente sem sombra me humilhava, como se me tratasse como uma criança. Contudo, diante daquele homem misterioso, a coragem da revolta se distanciava mais de mim a cada momento, assim como sentia que uma conversa baseada em argumentos sérios se tornava impossível entre nós.

Procurei, portanto, mudar o viés e lhe perguntei, em tom de brincadeira:

— Mas como é que você perdeu a sombra?

— Eu nasci sem sombra... Mas, se quiserem, posso lhes comprovar agora mesmo a inutilidade da sombra para uma pessoa. Querem vender sua sombra?

— Não, não! — gritamos os dois, em uníssono.

— Ou penhorá-la?... Estou disposto, a qualquer momento... É só dizerem quanto querem...

Oreste, que havia recuperado a voz, respondeu, também em tom de brincadeira:

— Dê-me Helena, rainha de Esparta, tão jovem e bela quanto no momento em que fugiu com Páris.

— Isso não dá — respondeu Seu Damian.

— Apesar disso, Mefisto foi capaz de dar Margarete para o Fausto.

— Mas isso são histórias... Mefisto nunca existiu, assim como a bela Helena não existiu senão na imaginação dos eternos especuladores da mentira que, mais tarde, haveriam de inventar o diabo... Eu, por outro lado, ofereço-lhes coisas reais... Ouro!... Querem ouro?... Vocês bem sabem como o ouro está caro, ainda mais hoje em dia... Então, eu lhes darei ouro, ouro de verdade, ouro que lhes poderá ser útil... E vocês me dão sua sombra, que não tem utilidade alguma, ao mesmo tempo que comprovarão a possibilidade da minha própria existência!...

A insistência com que Seu Damian barganhava a nossa sombra e também, talvez, a nossa vida, me aproximou de Oreste, como se eu previsse a necessidade de uma defesa comum. Com a mão esquerda peguei no braço dele e, com a direita, apalpava, no bolso de trás, o punhal catalão, do qual, como você sabe, nunca me separo.

Naquele momento, porém, uma mudança brusca se produziu em nossas almas e diante de nossos olhos. Boquiabertos e de olhos arregalados de prazer e ao mesmo tempo de medo, como duas crianças hipnotizadas por fogos de artifício, olhamos em derredor com a perplexidade que só os fenômenos da ciência oculta, com a qual não estamos familiarizados, são capazes de provocar. Seu Damian tinha desaparecido na nossa frente, como se houvesse cavado um buraco no chão. Vira-o tremendo de repente, como um espantalho. Uma chama verde o envolvera como pétalas de rosa cingindo um pistilo com cabeça de homem e, em seguida, não o vimos mais. Nisso, o padre do vilarejo, com a cruz numa mão e manjericão[15] na outra, aproximou-se de nós, acompanhado do coroinha com uma vasilha cheia de água benta…

Era dia 1º de agosto, como lhe disse, e, conforme a tradição, todo início de mês o padre realizava o costumeiro périplo para abençoar os fiéis.

Sem emitir uma única palavra, vimo-nos quase que mecanicamente nos prostrando com devoção às memórias de infância, beijando a cruz que o padre nos estendeu com o embaraço da perplexidade que lhe produzira a brusca e inexplicável conversão de dois ateus.

⌒

Meu amigo se manteve calado, olhou para o relógio e me perguntou onde comeríamos. Confesso que, para mim, tanto

---

15. Um maço de manjericão é tradicionalmente utilizado pelos padres cristãos ortodoxos para aspergir a água benta. [N. T.]

fazia. O que eu queria saber era a continuação da história que a presença do Seu Damian na Grande Oradea impregnara com a fórmula executória da mais palpável realidade.

Após um quarto de hora, meu amigo retomou a história no terraço do restaurante do parque, sob os galhos de um plátano.

IV

O sumiço de Seu Damian à chegada do padre com a cruz na mão nos edificara por completo quanto ao estado civil do misterioso homem que Seu Jorj considerava nocivo aos seus interesses pessoais, e que o comissário da estação ferroviária julgava útil aos altos interesses do Estado. Mas tanto o Seu Jorj quanto o comissário ainda nada sabiam daquilo que nós tivéramos a chance de constatar, e cujas conclusões não correspondiam aos temores do primeiro, nem à confiança absoluta do segundo.

Decidimos, portanto, guardar o segredo conosco e, na primeira oportunidade, instigar Seu Damian a nos revelar a verdade. Sabíamos muito bem que, assim, corríamos o risco de não o ver nunca mais ou, caso o víssemos de novo, de nos expor a infortúnios mais graves do que o penhor das sombras, que Seu Damian nos propusera com tanta franqueza e generosidade. Os acontecimentos em plena luz do dia nos destruíram o sistema nervoso mais do que todas as funéreas previsões de uma noite insone. Sentíamos não sermos mais donos de nós mesmos. Sentíamos que uma força oculta nos guiava os passos e os pensamentos para outra direção que não aquela aonde queríamos chegar, e que nossa sentença de morte fora assinada já naquela madrugada em que Seu Damian nos oferecera refúgio em sua charrete. Só nos restava a resignação do condenado à guilhotina. Se confidenciássemos tudo aquilo a alguém, corríamos o risco de cair no ridículo. Quem seria capaz de acreditar em nós ou, caso alguém acreditasse, quem seria capaz de nos ajudar, uma vez que Seu Damian era mais forte do que qualquer simples mortal?...

Aqueles dias de espera pelo nosso verdugo nos deprimiram de tal modo que todo mundo nos perguntava se por acaso não estaríamos doentes. Doentes não estávamos. Por outro lado, a paródia da nossa vida nos transformara em discretas carpideiras acompanhando o féretro de nosso próprio enterro.

Mas os dias passavam e Seu Damian não aparecia. Não sabíamos se desistira de nos encontrar ou se estaria preparando uma nova surpresa, mais fantástica que todas as outras até então. Começamos até a nos acostumar com a ideia de não o ver mais, crentes de que Seu Damian evitava a explicação final que, inevitavelmente, haveria de se produzir entre nós depois de todo o ocorrido.

Um dia, porém, uma discussão inflamada entre dois desconhecidos nos chamou a atenção. Tratava-se de Seu Damian. Um deles alegava tê-lo visto, duas horas antes, em Braşov, que falara com ele e que decidira encontrá-lo no dia seguinte em Predeal. Exatamente na mesma hora, o outro alegava tê-lo visto em Câmpina, onde Seu Damian supervisionava a partida de um trem com um carregamento de petróleo para a Alemanha. Ambos os empresários, desconhecidos que provavelmente trabalhavam juntos, começaram a suspeitar um do outro e, sendo impossível que uma pessoa estivesse no mesmo instante em dois lugares diferentes, cada um achava ter pegado o outro de calças curtas, acusando-se mutuamente de falta de sinceridade e ameaçando terminar a colaboração.

Qual dos dois estaria mentindo? Nenhum. Ambos diziam a verdade, pois ambos, assim como você logo verá, tinham se encontrado com Seu Damian na mesma hora, um em Braşov, o outro em Câmpina. Tal impossibilidade física não nos comovia, já que sabíamos quem era o misterioso personagem. A teimosia dos dois negociantes, porém, em provar cada um sua boa-fé, os enervara tanto que, num certo momento, eles se separaram aos empurrões como inimigos, furiosos com o fato de que o lugar em que estavam não lhes permitia pôr também à prova a força de seus punhos.

Oreste teve então uma ideia "genial", assim como ele gostava de apelidar suas travessuras. Separamo-nos também e cada um foi conversar com um dos dois desconhecidos, alcançamo-los, cumprimentamo-los e a conversa decerto decorreu da mesma maneira em ambos os casos.

— Com licença, senhor... Gostaria de lhe dizer que aquilo que o senhor afirmou há pouco é a mais perfeita verdade. Na mesma hora, como o senhor, também vi Seu Damian em Braşov...

Oreste deve ter dito exatamente a mesma coisa que eu, diferindo apenas o fato de que Braşov fora substituída por Câmpina.

Nossa intervenção produziu o efeito desejado. Os dois adversários fizeram as pazes em nossa presença e, juntos, os quatro retomamos a discussão quanto à impossibilidade de tudo aquilo confirmado também por nós.

Os negociantes se olhavam com olhos arregalados, davam de ombros, passavam os lenços na testa, balbuciavam e não compreendiam absolutamente nada. O mesmo repetíamos nós, porém com menos sinceridade.

Após alguns minutos de uma conversa inútil, despedimo-nos com a promessa solene de comunicar uns aos outros as explicações que Seu Damian viria a ter a bondade de nos dar.

A verdade é que esperávamos colher futuros detalhes dos dois negociantes, uma vez que nutríamos a inabalável certeza de que Seu Damian não queria mais se encontrar conosco.

No dia seguinte, contudo, encontramo-nos de novo em frente à guarita da extremidade da vila, onde a linha férrea cruza a estrada. Seu Damian parecia nos aguardar, como se houvesse sido avisado de que passaríamos por ali. Mantivemos a calma na medida do possível e adotamos um tom de brincadeira, com o qual podíamos melhor ocultar a emoção e a ignorância dos fenômenos naturais ou das descobertas científicas com as quais Seu Damian explicava as estranhezas de sua condição.

— Cumprimentos ao homem sem sombra — disse-lhe Oreste.
— Saúdo os homens sem convicção — retrucou.
O gelo se quebrou mais fácil do que imaginávamos.

— Então, sô Damian — continuei —, como é que você tomou esse chá de sumiço, sem nos dar um sinal de vida a semana toda, fazendo-nos crer que ficou bravo conosco?

— Bravo?... Por que teria ficado bravo?

— Sabe-se lá. Talvez porque tenhamos nos recusado a penhorar nossa sombra.

— Aha!... A sombra!... Incrível como vocês são apegados a sua sombra... ainda mais quando o sol começa a se pôr... Não é?... Se alguém os julgasse pela sombra, acharia que são gigantes.

— Mas se você a considera tão inútil, por que tenta comprá-la dos outros?

— Estava brincando.

— Mas não, você foi bem sério. Ficou tão bravo conosco que nem mesmo se despediu. Saiu à inglesa, como se diz. Desapareceu num piscar de olhos e nos deixou como dois idiotas no meio da rua.

— Deixei-os na companhia do padre — disse Seu Damian, sorrindo.

Dessa vez, Oreste e eu tivemos de alimentar a conversa por conta própria. Entendendo-nos pelo olhar, cada um de nós respondia o que julgava mais adequado, sem esperar pela réplica do Seu Damian.

— Então quer dizer que você estava ali... Como é que não o víamos? Onde se escondeu?

Seu Damian se pôs de novo a rir. Sua risada parecia nos humilhar. Pressentimos que preparava a resposta de um sábio, equivalente ao bofetão de um professor no rosto de um aluno preguiçoso.

Pois então, não escapamos do que temíamos. Tranquilo e quase patriarcal, como se pregasse ou lesse em voz alta a página de uma enciclopédia, Seu Damian começou a nos explicar:

— Mimetismo, vocábulo de gênero masculino que vem do grego *mimeisthai*, ou seja, "imitar", é a propriedade que têm certas criaturas de se assemelhar ao meio ambiente em que se encontram, ou a outras espécies mais fortes, em detrimento das quais vivem como parasitas. O protótipo dessas criaturas é o camaleão. Não me atrevo a ofendê-los, imaginando que não saibam que esse réptil toma emprestada a cor das folhas das árvores conforme a estação do ano, ora verdes, ora avermelhadas, ora amarelas. Surpreende-me, porém, o fato de desconhecerem até hoje o caso de Honoré Subrac, que seu confrade Guillaume Apollinaire admiravelmente descreveu em seu último livro de novelas científicas ou, se preferirem um exemplo clássico, o anel de Giges, o famoso pastor da Lídia, cujos efeitos o pobre rei Candaules teve a triste oportunidade de constatar já no sétimo século antes da era cristã. Para uma pessoa atualizada quanto aos fenômenos da natureza de conhecimento público, meu desaparecimento não passa de algo naturalíssimo. No entanto, para vocês, que praticam o mimetismo sem mesmo perceberem e se refugiam na fantasia sempre que tememos ser surpreendidos em flagrante delito pela deformação da realidade, meu desaparecimento foi decerto algo extraordinário...

Decididamente, Seu Damian era infinitamente superior à minha aliança com Oreste, incapazes que éramos de lhe lançar uma contraofensiva, mal conseguindo nos manter na defensiva. Aquelas poucas linhas retiradas de Larousse, misturadas à novela de Apollinaire, nos desarmaram mais rápido do que podíamos esperar. O sumiço de Seu Damian fora explicado de maneira magistral. Insistirmos no assunto significava corrermos o risco de sermos considerados imbecis. No entanto, não demos o braço a torcer e voltamos à carga, abordando o tema das duas aparições simultâneas em Brașov e Câmpina. Como falamos delas, não sei mais. Basta dizer que o que então se seguiu enlouqueceria um Branly ou um Marconi. Seu Damian já sabia o que tencionávamos perguntar e conhecia a fonte das informações sobre sua misteriosa aparição dupla. Estava pronto para qualquer eventualidade, como um comandante militar na véspera da batalha. Basta dizer que sua risada fria e cavernosa se fazia ouvir sempre que queria nos fazer entender que nossas perguntas o surpreendiam devido à ingenuidade. O mesmo aconteceu dessa vez. Seu Damian riu de novo e, em seguida, deu a seguinte palestra:

— Se os tivesse conhecido dez ou quinze anos atrás e lhes tivesse dito que os cabos telegráficos haveriam de se tornar tão inúteis quanto o armamento bélico ou as ferramentas medievais, vocês com certeza não teriam acreditado em mim. No entanto, o telégrafo sem fio existe hoje como uma realidade para toda a gente. Muito bem, o mesmo posso hoje lhes dizer quanto à transmissão da fala e da imagem através das ondas hertzianas. Não há nada impossível neste mundo. O que ainda não existe para nós, que confundimos ciência com os escritórios das autoridades oficiais, onde tudo é feito de acordo com determinadas formalidades, na verdade existe e se manifesta pelos assim chamados fenômenos inexplicáveis. O império do sobrenatural sucumbiu junto com os últimos sacerdotes de Zoroastro, ao passo que as magias brancas ou negras, que por tanto tempo atormentaram a humanidade, desbotaram sob o sol e a poeira das vitrines dos museus de curiosidades históricas. Fiquem sabendo que a civilização nada conquista, pois nada daquilo que se oferece de graça pode ser conquistado. A única coisa que a civilização faz é revisar, corrigir e conceder um imprimátur. Branly revisou apenas aquilo que já se encontrava à disposição de todo olhar saudável. Tanto míopes como hipermetropes se dedicam às artes e à história. Marconi, por sua vez, corrigiu e, hoje, milhares de operadores anônimos imprimem, à distância de centenas de milhares de quilômetros, seu alfabeto Morse, que atravessa o espaço sem a ajuda dos fios, da mesma maneira que a luz, o som e o calor… Muito bem, o mesmo sucederá amanhã com a voz e a imagem humanas. Digo "amanhã" como sinal de condescendência para vocês, escravos das formalidades oficiais, com as quais, aliás, a ciência não tem relação alguma. No entanto, para mim, esse "amanhã" é mais do que um "hoje". É um "ontem", e isso já faz tempo, muito tempo…

Não sei se tacho tem cara, mas, à medida que Seu Damian continuava falando, eu e Oreste sentimos que a expressão "ficar com cara de tacho" jamais poderia ter sido aplicada com maior exatidão do que a nós naquele momento.

Mas deixe-me continuar a palestra do Seu Damian:

— Meus caros, vocês precisam saber que eu sou uma pessoa muito ocupada. Meus negócios não me dão fôlego para descansar um só instante. E ainda mais: há casos em que, no mesmo momento, preciso estar em vários lugares. Como é que eu poderia dar conta de tudo sem transmitir minha imagem a diversos lugares em que minha presença seria necessária ao mesmo tempo? O procedimento é bem simples — uma espécie de ovo de Colombo, sobretudo hoje em dia, quando o telégrafo sem fio deixou de ser um mistério. Este aparelho é uma invenção minha.

Seu Damian enfiou então a mão no bolso e dele retirou um objeto de metal, redondo e do tamanho de um relógio masculino comum. Abriu-lhe a tampa e nos mostrou, convidando-nos a nos aproximar mais dele. No lugar do costumeiro mostrador, havia um espelho convexo, enquanto o eixo do ponteiro dos minutos fora substituído por um botão idêntico ao das campainhas elétricas.

— Este é o aparelho irradiador — explicou-nos. — O espelho reflete a imagem, o botão estabelece contato com a corrente elétrica, que acumulei na concavidade do espelho, e as ondas hertzianas me levam mais rápido que um trem até os aparelhos registradores, que são estes.

E então Seu Damian enfiou de novo a mão no bolso e dele retirou umas tachas de latão, pregando uma num poste telegráfico, outra numa árvore e outra ainda mais longe, na cerca de um terreno baldio.

— Os aparelhos previamente posicionados nos lugares que exigem minha presença registram a imagem e a projetam no chão, dando a impressão de realidade a todos os gestos refletidos no espelho do aparelho irradiador. Como podem ver, nada mais simples e natural. Querem assistir agora a um experimento? Vejamos.

Pois fique sabendo que, se naquele momento não caí duro, vítima de uma congestão cerebral, não tenho mais medo de nenhum tipo de acidente nessa vida. Dando risada como sempre e movendo a mandíbula junto com o chapéu no cocuruto, Seu Damian apertou o botão e nos perguntou:

— Onde estou de verdade e onde estou sem estar?

E, naqueles três lugares distintos em que enfiara as tachas, a que chamara de aparelhos registradores, surgiram de repente três Damians, que em nada se diferenciavam do quarto, que era o original.

Você pode imaginar sozinho o que se seguiu. Equivaleria a privá-lo da prerrogativa de sua própria inteligência se eu tentasse explicar o que nem eu mesmo sabia que estava sentindo naquele momento. Os quatro Damians falavam e gesticulavam de maneira idêntica. A curiosidade me distanciou do original e me aproximou daquele que correspondia ao poste telegráfico. A semelhança era tão perfeita que eu tentei tocá-lo com a mão. A imagem, porém, me evitou e, naquele momento, percebi que o gesto fora realizado pelo Seu Damian original, embora ele não tivesse o que temer.

Diante desse milagre, que eu só podia comparar àquele que se produziu no caminho de Damasco, senti-me impelido a fazer o sinal da cruz para me proteger da conversão que começara involuntariamente a operar em minha alma. Detive-me, porém, a tempo, a fim de não aborrecer de novo o Seu Damian, que cessara de apertar o botão do aparelho, uma vez que as três imagens haviam desaparecido, tendo só ele permanecido.

Ao término da operação, nosso sábio retirou as tachas dos lugares em que as enfiara e, colocando-as de volta no bolso junto com o aparelho, cumprimentou-nos como de costume e marcou de nos encontrarmos no dia seguinte, ao acaso.

Ao nos despedirmos, no entanto, não pude me abster de lhe perguntar, em tom de galhofa:

— Seu Damian, amanhã você vem no original ou em cópia?

E você sabe o que o Seu Damian me respondeu?

— Chegue sozinho a uma conclusão, não sem levar em consideração que, amanhã, preciso estar em Predeal, em Bucareste, em Braşov e também na fronteira suíça, onde vou esperar a chegada de um trem cheio de macarrão vindo da Itália...

Terminamos de comer junto com o final da história. Tendo eu permanecido calado, como se tomado por uma tristeza inexplicável, meu amigo bateu no meu ombro e disse:

— Não fique triste, pois a história ainda não acabou. Isso tudo aconteceu no dia 9 de agosto... Até o dia 15, temos ainda seis dias.

V

Na manhã do dia seguinte, o porteiro do hotel nos avisou que Seu Damian nos deixara recado para aguardá-lo às quatro da tarde, no mesmo lugar de ontem, pois haveríamos de acompanhá-lo a um outro lugar. Qual era esse lugar, porém, ele não revelara ao porteiro, e nós nem desconfiávamos qual fosse. Inicialmente, esse convite transmitido oralmente por um terceiro nos deixou um pouco agitados. Seu Damian poderia ter deixado o recado por escrito, num cartão de visita. Muito gostaríamos de ter visto a caligrafia do coisa-ruim. Mas, uma vez que as coisas se desenrolaram de maneira diversa do esperado, decerto havia um forte motivo para que não se desenrolassem de outra maneira. No mesmo lugar significava em frente à guarita da extremidade da vila, onde a linha férrea corta a estrada. A predileção de Seu Damian por lugares pouco frequentados não era mais um mistério para nós. É possível que, impedido de vir no original, Seu Damian tivesse posicionado na noite anterior um aparelho registrador e tencionasse enviar apenas a sua imagem para bater papo conosco.

Passamos a manhã junto à fronteira e às gigantescas montanhas de alimento que esperavam ser embarcadas nas carroças rumo à Transilvânia. Os trens não pareciam ser suficientes para a quantidade de alimento que saía do país em troca de ouro e do comportamento dito benevolente que as Potências Centrais demonstravam para conosco, mais por interesse do que por amor. Você sabe como foi aquele período, caracterizado por um doce e embaraçoso bem-estar físico e moral, que os diplomatas e políticos batizaram de "neutralidade expectadora", e que os patriotas das cafeterias chamaram de "túmulo de nossa dignidade nacional". O ouro escorria mais amarelo que o trigo. As vendas se realizavam só em troca de ouro ou de outros produtos. A palavra "compensação", que ressoava pelos escritórios dos ministérios e ao longo das ferrovias e das estradas que levavam até os pontos de fronteira, era uma espécie de corolário da nossa neutralidade. Cada um tinha sua parte de compensação, conforme a neutralidade mantida em relação aos combatentes. Os funcionários da alfândega, em especial, pareciam nem mais estar no exercício de suas funções de outrora. Tornaram-se tão polidos e gentis que podiam ser facilmente confundidos com nobres da corte de Luís xv. A neutralidade era mais lucrativa que uma fazenda de milhares de alqueires, e toda a linha de fronteira estava repleta só de gente neutra que, mais tarde, haveria de dar origem aos ricaços da guerra. Entre eles, Seu Damian era, sem dúvida alguma, a amostra mais preciosa. Não sabíamos exatamente o que o fizera abraçar tal atividade, uma vez que sua existência e meios de sobrevivência nada tinham em comum com os dos simples mortais. No entanto, como o povo romeno costuma dizer que gente esperta e de iniciativa é "do demônio", era natural que Seu Damian fosse o chefe de todos aqueles confrades terrestres, menos interessantes, porém, que ele.

Às quatro da tarde, portanto, estávamos diante da guarita em que nosso encontro fora fixado. Um cachorro, sentindo a presença de estranhos, pôs-se a latir. A princípio, achamos que latia para nós. Ao nos aproximarmos, contudo, observamos que a atenção do cachorro se dirigia a uma moita, onde nada se via além de galhos movendo-se ao vento. Sentamo-nos no parapeito da passagem de nível e ali aguardamos por alguns instantes, acompanhando os movimentos do cachorro, que parecia teimar em morder a perna de uma pessoa inexistente. Num dado momento, Oreste me disse, quase aos sussurros:

— Acho que aquele que não se vê é o Seu Damian.

— É ele mesmo... Adivinhão! — ecoou aquela voz de cabra que já conhecíamos tão bem. E, naquele instante, a bengala de Seu Damian desenhou no ar o gesto de uma espada, como quem cumprimenta o adversário na arena.

— Contra quem você vai duelar, Seu Damian? — perguntei.

— Contra a ignorância humana e contra a intuição canina, que, deste ponto de vista, é muito superior à do homem.

— Essa é a única novidade que nos traz hoje?

— Vejo que vocês se viciaram nas novidades que lhes trago. O que é que vocês me darão hoje para que eu lhes ofereça uma agradável surpresa?

— Qualquer coisa, exceto a nossa sombra — respondeu Oreste.

— Então vamos tomar um chá no meu chalé...

Seu Damian tinha um chalé!... Eis algo que ouvíamos pela primeira vez. Seu Jorj nos dissera que ninguém sabia onde morava o misterioso personagem e, apesar disso, Seu Damian estava nos convidando para seu chalé, o qual, com certeza, só podia ser em Predeal. Mas onde exatamente? Naquela zona não havia casas, nem mesmo casebres de camponeses. Podia-se vislumbrar, solitária no alto da colina, do outro lado da linha férrea, entre a folhagem das árvores, a torre do pequeno mosteiro de Predeal, como tímido presságio de uma nova mistificação erudita. Nossa amizade com Seu Damian, no entanto, embora destruísse nossos nervos, nos munira com a perseverança das pessoas decididas a ir até o fim. Aceitamos então o convite e nos dispusemos, naquele mesmo momento, a seguir as indicações do cicerone.

— Vamos descer por aqui para chegarmos mais rápido — disse Seu Damian, mostrando-nos as marcas de carroça que formavam a única indicação do caminho pelo vale do Râșnoava, que conduz até o sanatório público.

Nós o acompanhamos sem a mínima hesitação e, depois de um quarto de hora, o chalé de Seu Damian despontou diante de nossos olhos, tão misterioso quanto seu proprietário, num lugar em que jamais teríamos desconfiado que alguém seria capaz de construir uma residência.

Pelo aspecto, parecia antes uma ruína que passara por uma reforma sumária do que um chalé, assim como Seu Damian gostava de se referir à casa. Uma escadaria de pedra puída, de degraus tomados pela grama, levava até o portão da moradia, cujas paredes manchadas se escoravam em quatro contrafortes, cujas bases, por sua vez, se confundiam com a rocha de cujo seio haviam crescido, tal como as árvores das redondezas. Os dois andares não tinham nenhuma conexão entre si. O de cima, embora parecesse ter sido construído ulteriormente, estava completamente arruinado. Suas janelas altas e estreitas não tinham vidraças nem esquadrias. Cada canto da janela, no entanto, era ligado ao outro por barras de ferro que, cruzando-se no meio, assumiam o formato da cruz de Santo André. O telhado pontudo era de telha vermelha, desbotada pela chuva e pelo sol. Numa das laterais, uma torrinha de pedra, admiravelmente esculpida, crescia cônica da altura do segundo andar e se alçava em seguida redonda, alguns metros acima do telhado, perdendo no azul celeste as ameias do seu terraço, por cima das quais farfalhava uma bandeira formada por sete listras horizontais nas cores negra e vermelha. Como vê, Seu Damian hasteara em nossa homenagem o grande pavilhão, como se recebesse uma visita oficial. Por outro lado, o andar de baixo, embora mais antigo, parecia mais vivo e propício para ser habitado. Suas paredes eram acolchoadas por fora por galhos de hera, que crescera de modo a desenhar, com verde sobre branco, uma série de elementos decorativos, em que os arabescos da planta alternavam correta e quase geometricamente com o fundo da parede.

À nossa chegada, a porta de carvalho maciço, presa a fortes dobradiças de ferro forjado, escancarou-se de repente, como se movida por eletricidade, e um criado, agaloado como o lacaio de um palácio real, nos recebeu em grandes salamaleques, conforme as tradicionais prescrições do mais antigo e autêntico cerimonial.

Pelo rabo do olho, observamos como Seu Damian sorria, ou melhor, lançava um riso malicioso, contente em ver a nossa emoção.

Do lado de dentro, o chalé de Seu Damian era uma verdadeira maravilha das mil e uma noites. Por toda parte, só tapetes e tecidos caros, móveis antigos de estilo, baús de madeira de sândalo ou roseira, repletos de joias e objetos cinzelados de prata, porcelanas e faianças com a marca de primeira circulação das mais célebres fábricas do mundo, vasos chineses e gravuras japonesas, armas medievais e filigranas persas enquadradas em molduras elegantes de bronze ou laca negra. Recobrindo uma poltrona, uma capa negra veneziana, um tricórnio e uma máscara da mesma cor pareciam delinear, nos tons discretos e foscos do maravilhoso Aubusson, o corpo inexistente de um doge que também havia sido convidado, como nós, para um chá. Numa vitrine do tamanho de um armário moderno, vestidos antigos de mulher pareciam exalar, através do cristal de reflexos esverdeados, o perfume e a graça de outrora. Sapatos brancos de seda, organizados conforme diferentes épocas, assim como vi pela primeira vez no Museu Cluny, cintos de couro prensado ou de metal incrustado de pérolas e rubis, rendas de Flandres ou valencianas, antigos bordados franceses e tecidos florentinos da era renascentista pareciam todos se mover, discretamente, por cima de corpos invisíveis. Da penumbra de cada canto dos diferentes aposentos pelos quais nos guiou Seu Damian, as defuntas donas daquelas preciosidades de arte e requinte feminino pareciam se erguer majestosas e apaixonadas, e os seus braços, seus olhos, seus lábios não faziam senão nos atrair na direção delas, nos hipnotizar e nos sugar a vida, a fim de ressuscitar seus fantasmas.

 Flutuava entre sonho e vida. Vivia páginas de diversos romances e contos fantásticos que me vinham à mente ao acaso e, pelo fato de, entre outros autores, Henri de Régnier ser o meu predileto, o interior do chalé de Seu Damian fazia reviver o mistério do afresco de Longhi, do qual a imagem da condessa Barbara Grimanelli brotara sem jamais retornar, ou a fantástica aparição de Vincente Altinego, oficial veneziano cujo enigmático e melancólico sorriso parecia ecoar os sinos da Redentore e Sant'Eufemia. No entanto, mais estranha do que toda aquela babilônia de sensações e dúvidas torturantes era a presença de Seu Damian, que nos fazia lembrar de não termos de todo abandonado o terreno da realidade.

 Como foi aquele chá, não tenho como lhe contar. Aquela atmosfera parecia ter-se infiltrado em nós. Os fantasmas que vagueavam ao nosso redor, sem conseguir encontrar a materialização de outrora, pareciam nos paralisar os braços e a língua. Grotescos como bonecos de um panóptico, esboçávamos um gesto após o outro, e nossa voz de tal modo se modulara que só éramos capazes de falar aos sussurros, como se temêssemos acordar do sono alguém que pudesse se vingar de nós, até mesmo com a ajuda de Seu Damian.

Ao partirmos, já anoitecia. No mês de agosto, as noites na montanha são frescas e impregnadas de não sei qual fluido insinuante, perturbador e afrodisíaco. Seu Damian nos conduziu até a porta, onde se despediu com frases convencionais, de uma banalidade exasperante para alguém que, até então, nos dissera tantas coisas extraordinárias e que nos oferecera o mais abundante festim para os olhos de simples mortais. Nosso anfitrião naquele dia percebeu, sem dúvida, a emoção da qual não conseguíamos nos desgarrar por meio de frases corriqueiras, de modo que nos concedeu a discreta possibilidade de nos abandonar à nossa própria ignorância.

No caminho para o hotel, encontramo-nos com seu Jorj, que nos perguntou de onde vínhamos tão cansados. Oreste deixou escapar, sem querer, a verdadeira resposta.

— Da casa do Seu Damian... Fomos convidados para um chá.

O patrão do restaurante da estação ferroviária se pôs a rir, convencido de que zombávamos dele. Oreste, no entanto, continuou:

— E que casa!... Um chalé incomparável a qualquer outro em toda a Predeal. Que vergonha por não saber da existência dessa autêntica maravilha neste lugar...

Ofendido em seu amor-próprio, Seu Jorj nos flechou com o olhar, pronto para se vingar. Em seguida, com sua voz autoritária e belicosa, nos perguntou:

— E por onde fica o chalé desse senhor?

— Que foi, não está acreditando?... Venha conosco e lhe mostraremos.

Seu Jorj decerto não esperava tanta teimosia de nossa parte. Depois do erro de Oreste, porém, nem nós sabíamos que comportamento adotar diante do homem que não queríamos iniciar em todos os segredos de nossos encontros anteriores com Seu Damian. Ficamos um tempo no meio do caminho, tentando mudar de assunto. Mas Seu Jorj fez questão de que o levássemos para ver o chalé do Damian.

No final das contas, estaríamos arriscando o quê? Um novo esforço de alguns minutos, e nada mais. O chalé do Seu Damian não tinha como despertar em Seu Jorj a mínima desconfiança quanto aos acontecimentos que, decididamente, não haveríamos de segregar a ninguém, ao menos por algum tempo. Tomamos então o caminho de volta e descemos pelo vale do Râşnoava, seguindo as mesmas marcas de carroça por onde nos guiara Seu Damian. Quanto mais adentrávamos no bosque, porém, mais escurecia e nada de aparecer a casa. Num dado momento, Seu Jorj estacou e nos perguntou com ar triunfante:

— Ainda falta muito até o chalé do Seu Damian? Que logo a gente chega na província de Dâmboviţa...

Nós, no entanto, longe de recobrarmos a razão, dávamos passos decididos para fazer das tripas coração. Só que nossos esforços foram em vão. A casa de Seu Damian não existia mais. Desaparecera do mesmo modo que desaparecera seu proprietário no dia 1º de agosto, à chegada do padre espalhando bênçãos.

Seu Jorj acabou considerando a pequena aventura daquela noite como uma piada da nossa parte. Sabíamos muito bem, contudo, que a pretensa piada não passava de mais uma sinistra façanha de Seu Damian, e que o chalé em que havíamos tomado chá duas horas antes só existia em função das ondas hertzianas, provavelmente transmitidas por um novo aparelho que Seu Damian ainda não nos mostrara.

VI

No dia seguinte, em vão esperamos por Seu Damian. Morríamos de impaciência por ouvir suas explicações sobre o fenômeno do desaparecimento do chalé, cujo único motivo de existência fora nos convidar para um chá. Os dois negociantes, que haviam descoberto pela primeira vez a presença dupla de nosso personagem em Braşov e em Câmpina, nos disseram que Seu Damian se encontrava agora em Ghimeş, onde precisava fazer a recepção de uma importante quantidade de trigo vindo da Moldávia. Sabê-lo, porém, em Ghimeş em nada atrapalhava nossa preferência por encontrá-lo em Predeal. Seus aparelhos eram tão sofisticados que, no dia do nosso chá das cinco, Seu Damian, cuja versão original se encontrava em Predeal, fizera a recepção, com a ajuda dos dois, de um trem carregado de macarrão italiano na fronteira suíça.

Passado mais um dia, porém, não esperamos mais e nos pusemos a verificar, no lugar em questão e em plena luz do dia, o desaparecimento do chalé. Confesso que as mais agradáveis lembranças me conectavam ao interior daquela casa. Tinha um único grande arrependimento — o de não ter podido tomar posse do fantástico vestido de Joana de Bourbon, esposa de Carlos V. O maior prazer que Seu Damian poderia me dar era possibilitar que eu visitasse de novo aquele seu chalé. Não importava onde ficasse. Eu me deslocaria aonde quer que fosse, sabendo que poderia de novo deleitar meus olhos com a maravilha daquele minúsculo universo de esplendor visual, em que fantasmas do passado, embora destituídos de rosto, mantinham intactas suas roupas e o obsessivo perfume do tempo em que, um dia, viveram como nós. Mas o chalé não estava mais em seu lugar. Embora pudesse ser gentil conosco a qualquer momento, dessa vez Seu Damian não quis sê-lo.

Mas não lamentamos o nosso passeio matinal. O bosque, segundo Baudelaire, é um verdadeiro templo em que as árvores, como se dotadas de alma, nos dirigem palavras numa língua a nós ainda desconhecida, porém tão eloquente quanto a discreta luz daquela manhã de início de outono, em que o aroma da grama desbotada se alastrava como o incenso em torno de um altar.

Vez ou outra, ressoava um sininho entre as árvores, como se houvesse um redil por perto, ao passo que os automóveis pela estrada e as locomotivas da estação pareciam dilacerar a folhagem do bosque com seus berros guturais e estridentes.

Jamais esquecerei aquela manhã de agosto, em que o bosque parecia suspirar e nos aconselhar a não irmos mais longe. Esquecêramo-nos, porém, do chalé do Seu Damian, e penetrávamos cada vez mais na densidade das árvores, sedutoras como seios de uma mulher prestes a se entregar por completo.

Certo momento, o sininho ressoou bem ao nosso lado. No coração do bosque, abriu-se de repente uma clareira de algumas centenas de metros quadrados, onde pastavam ovelhas marcadas com vermelho na cabeça. No meio delas, um pastor, apoiado no cajado, como se saído de uma tela do Grigorescu, assobiava uma canção desaforada, dirigindo-nos à distância olhares enviesados de um detetive camuflado. A presença daquelas ovelhas tão perto da fronteira era suspeita. Aproximamo-nos dele e puxamos conversa, como se costuma fazer no interior.

— Boa tarde, tiozinho...
— Boas...
— Mas de quem são essas ovelhas?
— Veja, são de um patrão como o senhor.
— E onde é que está o seu patrão?
— Uai, onde é que poderia estar?... Na cidade, onde os patrões ficam.
— Mas você não sabe que é proibido trazer ovelhas para pastar aqui na fronteira?

O pastor, que até então nos respondera sem reticências, dessa vez se calou e nos fitou com certa desconfiança. Em seguida, após nos examinar detalhadamente, fez um gesto com a cabeça, arrumou o casacão nos ombros, assobiou à moda dos pastores para o entendimento das ovelhas e se pôs a caminhar, seguido por elas, na direção do bosque denso, sem pensar numa resposta.

Oreste, que se enervou não sei por quê, precipitou-se atrás dele, agarrou-lhe o casacão, puxou-o de seus ombros e o atirou ao chão.

— Aonde você vai, seu contrabandista?... Pare aí... Venha conosco até o posto da polícia militar para verificar essas ovelhas...

Eu tinha ficado alguns passos atrás. Num dado momento, no entanto, o espetáculo que se desenrolava diante dos meus olhos tanto me enfureceu que não pude mais me controlar. O pastor ergueu o cajado e, fincando bem os pés, passou a girá-lo ao redor da cabeça, pronto para dar um golpe. Contra o cajado arcádico encontrei uma única defesa: meu punhal catalão. Num pulo, encontrei-me entre os dois adversários e, sem qualquer intervenção verbal, a arma branca entrou profundamente nas costas do pastor, antes que o cajado pudesse atingir a cabeça de Oreste... Eis-me criminoso involuntário...

O que houve logo depois do meu golpe, não sei. Meu olhar se turvou como se alguém houvesse atirado areia na minha cara. O punhal começou a se mexer na minha mão, sacudindo-me como uma corrente elétrica e, enquanto meu punho apertava o cabo, tentando em vão atravessar o que eu achava ser o corpo do pastor agressivo, a voz de Seu Damian ressoou atrás de nós, como uma espécie de *memento mori* modulado pelas cordas desafinadas de uma viola quebrada:

— O Estado os levará ao tribunal por corte de árvores!...

A aparição de Seu Damian fez desaparecer tanto o pastor com as ovelhas como também a clareira, em cujo cenário se desenrolara o primeiro ato daquela tragédia metamorfoseada em sinistra farsa. Seu Damian roubara-me até a capacidade de lamentar o assassinato de um homem. A lâmina do meu punhal estava enfiada, como um ponto de exclamação horizontal, no tronco de um carvalho que parecia desdenhar da impetuosidade do meu golpe. No meio do bosque, onde dois dias atrás se erguia o chalé em que fôramos bem recebidos e paparicados, e onde há poucos instantes encontráramos o pastor com seu rebanho de ovelhas marcadas com vermelho na cabeça, não restavam senão árvores sedentárias e três peregrinos solitários, entre os quais dois éramos Oreste e eu, e o terceiro era Seu Damian, que, embora presente, podia muito bem estar algures naquele exato momento.

Irritado com a posição ridícula em que me encontrava a contragosto, perguntei-lhe, um tanto agressivo:

— O quê? Você não viu nada?...
— O que eu deveria ter visto?
— Você não viu o pastor que queria bater na cabeça do Oreste com um cajado?
— Só vi vocês dois, ou melhor, o Seu Oreste, arrancando folhas do galho do carvalho que você tentava assassinar... Mas o que foi isso?... O que é que a pobre árvore lhe fez?...

Qualquer explicação seria inútil. Para mim, Seu Damian brincava conosco como se com duas marionetes, cujos cordéis nos colocavam em situação tão ridícula que sentíamos vergonha de nós mesmos.

Oreste, recobrando-se, aproximou-se de nós.

— Mas e o chalé daquele dia?... O chalé em que tomamos chá em sua companhia...

Seu Damian fez um gesto afirmativo com a cabeça, como se nos aliviasse de um peso, mas o seu riso enigmático nos assoberbou ainda mais.

— Mas então, você deve ter visto o chalé!... Onde é que está o chalé, Seu Damian?

— Mudei-o de lugar... Mudei justo naquela noite em que nos despedimos, pois, em dois dias, serei eu mesmo obrigado a me mudar e a me despedir de vocês, talvez para sempre.

Em seguida, sem nos dar tempo de refletir quanto ao significado daquela revelação, Seu Damian continuou suspirando como um simples mortal:

— Será um desastre, no mínimo... O seu punhal quase não deixou marcas na árvore. Mas quando começarem com metralhadoras e obuses de grande calibre, vocês verão por que transformação radical passará o bosque!... O desaparecimento da minha casa será uma bagatela. Meu medo é de que o bosque inteiro desapareça... Sim, sim... Um enorme desastre vai se abater por aqui, Seu Oreste... Não vai ser brincadeira, vai ser uma espécie de inferno, assim como vocês costumam dizer, Seu Pilade...

Compreendemos de imediato que Seu Damian falava sobre a eventualidade da guerra, que todo o mundo parecia aguardar sem, porém, acreditar que a qualquer momento poderia eclodir. Seu Damian, portanto, abordou uma questão que, sobretudo para nós, nos interessava muito mais do que o desaparecimento do chalé e do pastor com as ovelhas. As travessuras do Seu Damian agora só nos comoviam de modo passageiro. O terror da guerra, por outro lado, nos obcecava durante a leitura dos relatos do que ocorria em outros países. Deixamos de lado o assunto e o tom da conversa iniciada à chegada de Seu Damian, e adotamos, para com nosso misterioso personagem, o comportamento hermafrodita do gazeteiro que mendiga uma entrevista.

— Nós também vamos entrar na guerra, Seu Damian?
— Ora, é como se já tivessem entrado.
— Mas desde quando?
— Já faz alguns dias.
— Tem informações precisas?
— Mas e vocês, têm muita bagagem?
— Mais ou menos...
— Então façam as malas e estejam prontos para partir assim que eu avisar... Não deixem que a guerra os pegue justamente aqui, não seria recomendável... Se até mesmo eu decidi ir embora, acreditem que não lhes resta senão me seguir.
— Mas para onde você vai?
— Vou cuidar das minhas coisas. Talvez ainda encontre pelo menos uma fronteira de país neutro... Mas vocês estejam prontos para partir. Hoje, amanhã, não se sabe em que instante o telégrafo em Viena começará a anunciar a declaração de guerra...
— Ou seja... Nós?...
— Sim, sim... Nós... Quer dizer, vocês...

E Seu Damian seguiu fazendo uma série de salamaleques, como se estivesse diante de superiores hierárquicos de toda natureza.

— Sim, sim, vocês... Vocês declaram guerra e, com isso, acabam me expulsando daqui, onde eu ganhava meu modesto pão.
— Modesto mesmo, seu Damian? Por que não é sincero conosco e admite que já fez mais de um milhão?...

Mas a verdade é que, para o Seu Damian, o milhão de que eu falava não tinha valor algum, pois todo o ouro do mundo lhe pertencia; ademais, cada milhão que entrava no tesouro do Estado romeno se transformava em instrumento de guerra que, mais tarde, todo o mundo haveria de mandar para os diabos.

Descemos juntos até a guarita onde havíamos marcado os últimos encontros. O cachorro do guardião pôs-se a latir como de costume, sem ter coragem de se aproximar. A presença e a bengala de Seu Damian o mantinham à distância. Do outro lado da estrada e da linha férrea, na colina oposta, entre as árvores, a torre do mosteiro parecia uma lata enferrujada a tremular ao céu sereno. Um sino rouco ecoava de vez em quando, como voz de gente que evita dizer a verdade de uma vez...

Oreste bateu no ombro de Seu Damian e disse:

— Ouça... O sino do mosteiro está tocando... Amanhã é dia de Santa Maria!...

Seu Damian estremeceu da cabeça aos pés e ficou um tempo sem responder. Em seguida, como se lembrasse que nos deve uma resposta, estacou, abarcou a estrada com o olhar e, com a bengala, desenhou três semicírculos no ar: o primeiro, na direção da fronteira; o segundo, na direção do interior do país; e o terceiro, maior que os anteriores, como se quisesse abranger o espaço todo, até o coração da Transilvânia.

— Está tocando para os mortos da noite de amanhã — acrescentou. — Está tocando porque haverá de se calar por muito tempo dentro do campanário em que ora se encontra... Vocês vão ouvi-lo gemendo no espaço...

Por muito tempo, o gesto e as palavras de Seu Damian permaneceram ininteligíveis para nós. No entanto, quando me lembrei delas, em Iaşi, a profecia de Seu Damian foi meu único apoio moral durante todo o período do nosso desastre.

Assim que ficamos sozinhos, corremos até o delegado da estação, de quem esperávamos descobrir alguma coisa além daquilo que nos contara Seu Damian. Nenhuma notícia importante, porém, havia chegado de Bucareste e nenhum decreto especial sugeria que a situação pudesse ter se modificado tão logo, assim como nos dera a entender Seu Damian.

A neutralidade continuou dando frutos e Predeal se deleitava sob o sol, preguiçosa como uma hetera coberta de pedras preciosas, sem o menor pressentimento quanto ao resultado do jogo que haveria de ocorrer já no dia seguinte. A inquietação, porém, começara a nos invadir. Para nós, as palavras de Seu Damian foram mais eloquentes do que a mais categórica profecia. A guerra parecia sacudir com força os postes da fronteira, que, ao olhar desavisado, pareciam ainda retos e imóveis como nos últimos anos. Do alto de cada colina, os soldados romenos pareciam descer às pressas, embrenhando-se entre os abetos, e o tilintar das espingardas e metralhadoras parecia começar a atingir nosso tímpano como o eco remoto de uma luta já iniciada. Hurras surdos esvoaçavam como aves apressadas rumo a países mais quentes e, contra o azul do céu, à cor amarela do trigo, que jazia em enormes montes de ambos os lados da fronteira, se acrescia a cor do sangue que haveria de correr em breve, como se formasse o tricolor romeno alçando-se cada vez mais, empunhado por uma mão invisível sobre o vale do Timeş, passando pelo monte Postăvaru até a planície do Bârsa em torno de Braşov e talvez até mais adiante...

Não pregamos os olhos aquela noite. Nem nos enganara o pressentimento.

Às cinco da manhã, uma batida discreta à porta nos fez estremecer.

— Quem é?
— Damian.

Gelamos. A visita de Seu Damian àquela hora, em que ninguém no hotel acordara, era o aviso supremo.

Abri a porta com a ridícula precaução de uma paródia de encontro amoroso, e convidei Seu Damian a entrar no quarto em que nossa bagagem estava quase pronta desde a noite anterior.

Sua primeira palavra foi:
— Pronto!...
— Guerra?

— Ainda não.
— Mas então?
— Rumo a Bucareste... Peguem o trem das oito da manhã, que é o último...
— Como assim? Ontem à noite, na estação, não sabiam de nada.
— Nem terão como saber até hoje à tarde... Hoje de manhã a reunião do conselho da coroa decidirá pela entrada na guerra, de tarde será decretada a mobilização geral e, de noite, a guerra será declarada e ordens de ataque serão dadas... Amanhã de manhã, a esta hora, os seus soldados terão ultrapassado Marienhof!

Nossas palavras ficaram emperradas na garganta como espinhas de peixe. Queríamos explicações mais detalhadas, mas Oreste e eu só conseguíamos emitir meros monossílabos modulados, entrecruzados pela emoção que nos estremecia o corpo como a descarga de uma poderosa corrente elétrica.

Seu Damian nos cumprimentou cerimoniosamente e, enquanto se preparava para ir embora, nos disse:

— Talvez seja a última vez que nos encontremos. A guerra vai nos separar e com certeza vai dissipar nosso paradeiro. Deveria lhes dizer até mais ver... Mas ver o quê?... Adeus, meus senhores, pois o nosso reencontro, caso ainda se produza, será bem longe daqui, numa outra espécie de país e sob uma forma diferente daquela em que nos conhecemos.

Precipitamo-nos na sua direção e, agarrando-lhe cada um uma mão, nós o imobilizamos, embora soubéssemos que nenhuma força humana seria capaz de evitar seu desaparecimento, caso não quisesse mais bater papo conosco.

Diante do nosso gesto, no entanto, Seu Damian pareceu perplexo e quase até comovido.

— O que vocês querem ainda de mim?

Eis o momento supremo!... O que mais poderíamos querer dele, ou melhor, como poderíamos persuadi-lo a nos dizer aquilo que realmente queríamos descobrir!...

Oreste se pôs a rir como uma criança, acariciando-lhe o braço como se acariciasse um cachorro para que não o mordesse.

Quanto a mim, eu lhe agarrara a mão com força e me esforçava por apanhar o fio condutor que eu não sabia verter numa frase.

— Seu Damian, tenha a bondade de não ir embora sem antes responder a uma última pergunta... nosso último pedido... Não se esconda mais, pois sabemos quem é... Sabemos que você sabe tudo o que vai acontecer e que tudo o que nos disse e mostrou até agora não passou da diversão de um gato velho com uns camundongos idiotas... Tenha a bondade de não recusar... Bem entende a nossa emoção... Faça-nos este último favor e nos diga... Como?... Como sairemos desta guerra?

Seu Damian deu aquela sua risada costumeira, movendo o maxilar e, ao mesmo tempo, os fios de barba e o chapéu pousado no cocuruto pontudo.

— Diga-nos o que vai acontecer... O resultado será positivo ou negativo?...

No silêncio daquela manhã de agosto, em que os sinos estavam prestes a anunciar os festejos da Mãe de Deus, a voz de Seu Damian ressoou límpida, morna e suave, como se nem fosse a sua voz, como se pela boca do coisa-ruim falasse um anjo, ou talvez até o espírito protetor da Romênia.

— Será positivo... assim como Seu Oreste diz... Será tanto positivo quanto negativo... Mas, no fim das contas, o resultado será apenas positivo, muito, muito positivo... Não tenham medo...

Ato contínuo, no lugar dos braços do Seu Damian que tínhamos até então segurado com força, vimo-nos Oreste e eu nos braços um do outro, como dois cegos que se abraçam de alegria ao recobrar a visão num instante de milagre.

Seu Damian desapareceu como no dia 1º de agosto, à chegada do padre com as bênçãos.

Duas horas depois, despedimo-nos de Seu Jorj e do delegado da estação, que não entenderam por que nos apressávamos rumo a Bucareste. Durante o longo caminho até Câmpina, não percebemos nada fora do comum, até vermos ali quatro trens militares que aguardavam por seguir para Predeal. Na estação ferroviária de Ploiești, aonde chegamos com um atraso de quase três horas, outros trens militares também aguardavam por seguir para a fronteira. Edições especiais dos jornais da capital já corriam anunciando o resultado do conselho da coroa, que se reunira aquela manhã, assim como nos dissera Seu Damian. Dessa vez, não tínhamos mais nenhum motivo para duvidar. A guerra tinha praticamente começado. Na estação de Bucareste, circundada por um cordão duplo de tropas, o público e a bagagem eram verificados por agentes da polícia de segurança que já haviam realizado algumas detenções, enquanto, na avenida Griviței, um sargento do corpo militar, acompanhado de um trompetista, lia em voz alta para o público o decreto pelo qual o rei ordenava a mobilização geral.

VII

A história do meu amigo terminou junto ao portão do hotel, por cima do qual um globo elétrico iluminava, acanhado, toda a extensão da rua e a margem direita do Criș, pontuado por castanheiras.

Apoiamo-nos no parapeito da borda da calçada, sob o qual as águas do rio, engrossado pelas chuvas dos últimos dias, corriam rumorosas. Por alguns instantes ficamos olhando um para o outro, calados e desprovidos de qualquer iniciativa, como dois atores a ensaiar na rua as indicações de um texto, uma cena muda, que deveriam representar no dia seguinte. O surgimento de Seu Damian, acrescido à história do meu amigo, destruiu meus nervos e afastou o meu sono que, em geral, perto da meia-noite, fazia apressar os meus passos desde o Gato Azul até o hotel. Senti que, naquela noite, eu seria incapaz de dormir, embora na manhã do dia seguinte tivesse que partir para Bucareste, onde me chamavam o fim das férias e a impaciência do meu substituto. Aparentemente com medo de ficar sozinho, pus-me a morder os lábios, angustiado diante da vergonha que me impedia de me abrir até mesmo para o amigo ao meu lado. Recapitulei na mente toda a sua história e, assim que entrei no quarto, vi-me também ensaiando aquela cena no hotel em Predeal, na noite em que ele se encontrou pela primeira vez com Seu Damian.

Finalmente quebrei o silêncio, que já começara a se tornar sintomático tanto para mim quanto para ele.

— E desde então você não o viu mais?

— Eu, sim... Mas o Oreste... Só Deus sabe, porque, logo depois, fui para Iaşi e não consegui mais me encontrar com ele. Você bem sabe que, durante a guerra, fui chefe de gabinete do Ministro do Interior. Mas, com a chegada do governo chefiado por Marghiloman, tornei-me uma simples pessoa física ou, melhor dizendo, um personagem muito perigoso para a segurança do exército de ocupação da Muntênia, pois, após a assinatura do tratado de paz de Bucareste, as autoridades alemãs não quiseram por nada nesse mundo emitir um *Ausweis* em meu nome, para que eu pudesse voltar para casa. Sem ter o que fazer em Iaşi, onde o ambiente se tornara até mais sufocante do que durante a guerra, um amigo que comerciava vinho e especiarias me ofereceu a perspectiva de um negócio fabuloso, em que iniciei minha vida de caixeiro-viajante. Parti então para a Bessarábia com a missão de comprar vinho, sabão, velas, graxa de sapato e outras mercadorias que faltavam em Iaşi. O centro das transações, claro, era Chişinău. Ao descobrir, porém, que era possível encontrar aqueles produtos a um preço muito melhor nas cidades às margens do Dniester, ampliei meu campo de operações até Cetatea Albă, onde, aliás, não conhecia ninguém e não esperava ter mais atividade do que em Chişinău. Tão logo desembarquei na estação, a primeira pessoa que me apareceu foi Seu Damian. Você pode imaginar a emoção do reencontro. Até fotografias desbotam ao sol, mas o nosso personagem permanecia o mesmo. Ao me ver, apressou-se na minha direção e, no lugar de "bom dia", sua voz de colofônio soltou por entre os dentes uma frase truncada como duas lascas solitárias.

— Pobre do Seu Oreste!... Coitado, tão jovem e promissor...

De início, não fui capaz de entender o significado daquelas palavras, pois não fazia a mínima ideia do que poderia ter acontecido em Bucareste na minha ausência. Seu Damian continuou:

— Agora há pouco, às...

— O que aconteceu? — tentei perguntar, tímido e de certo modo embaraçado por não ter tempo de expressar nem mesmo a alegria do reencontro.

— Morreu.

— Quem? Oreste?

— Ele mesmo.

Qualquer outro detalhe era inútil. Eu sabia que Seu Damian era capaz de saber tudo, e considerei que aquele momento e lugar não eram adequados para que eu pegasse o lenço e escondesse as lágrimas que me pesavam nas pálpebras. Após alguns instantes, Seu Damian retomou:

— Pena que vocês não conseguiram mais se ver. Como eu admirava a amizade de vocês!...

Evitando a tristeza gerada pela inesperada notícia, tentei colocá-lo a par da minha tristeza pessoal.

— Eu sei... — interrompeu-me ele de pronto. — Mas tudo vai ficar bem, não se desespere. Você se lembra daquilo que lhe disse na soleira do quarto de hotel em Predeal, quando nos despedimos três anos atrás? Espero que não tenha começado a duvidar das minhas profecias... Fique sabendo que a sua desconfiança muito me magoaria.

Tentei me desculpar e explicar o nervosismo que me causavam os entraves que o comando alemão de Bucareste punha no meu caminho. Como de costume, no entanto, Seu Damian de novo não me permitiu falar até o fim.

— Você se lembra em que dia partiu de Bucareste?

— Dia 13 de novembro — respondi.

— Aha!... 13 de novembro... Dica do profeta, como vocês costumam dizer... Mas então, desta vez, 13 será o número da sorte... Será também num 13 de novembro que você vai voltar.

Arregalei os olhos, sem conseguir esconder meu ceticismo.

— Sim, sim... Num 13 de novembro você saiu de Bucareste, e num 13 de novembro você também vai sair de Iaşi.

— E os alemães?

— Os alemães?... — Sorriu, com um leve reflexo de compaixão. — Nessa altura, os alemães não estarão mais nem em Bucareste, nem em nenhuma outra parte da Romênia, daqui onde ora nos encontramos, até quase as margens do Tisza, pelo qual vocês suspiram há tanto tempo!...

As palavras de Seu Damian me embriagaram como se houvessem despejado sete tipos diferentes de bebida alcoólica no meu copo. Incapaz de fazer outras perguntas, esforcei-me por segurar as lágrimas que me umedeceram de novo os olhos. Segurei-lhe a mão esquerda com ambas as mãos e, com os lábios secos e ásperos como um cantil de couro do qual houvesse pingado a última gota, só consegui sussurrar, como um idiota, o seu nome.

— Seu Damian... Seu Damian...

Enquanto isso, ele me fitava com a impassível estranheza de uma peça de xadrez. Seu rosto parecia esculpido em lenha, como o de uma pobre divindade budista. A resposta esperada demorava, como se estivesse ausente. Senti, no entanto, estar apertando entre as mãos algo sólido, algo que não tem como escapar, algo em que poderia me apoiar caso necessário. A notícia da morte de Oreste, acrescida à do meu retorno a Bucareste, tanto me desorientou que quase nem compreendi o significado da explicação sobre a retirada dos alemães de todo o território da Romênia atual. Seu Damian, no entanto, considerando que já me torturara o bastante, interrompeu bruscamente o silêncio e continuou:

— Dentro de algumas semanas, você terá a feliz ocasião de ver sua sombra projetada pelo crepúsculo das Potências Centrais... uma verdadeira sombra de gigante... do Dniester até o Tisza... até mesmo para além do Tisza... até Budapeste...[16] Você amava demais a sua sombra, sua minúscula sombra de Predeal, e se sentia torturado demais pela curiosidade em saber por que eu pedia suas sombras naquela época. Mas agora está vendo?... Oreste me deu a dele involuntariamente e, como ele, tantos outros

---

16. Menção à chegada das tropas de ocupação romenas à capital húngara, em agosto de 1919. [N. T.]

me deram... Reuni-as todas e, com elas, aumentei a sombra de quem teve a sorte de a manter. Acho que está satisfeito. Não?... Só algumas semanas mais e tudo mudará. Tudo vai ficar bem, muito bem... tão bem que vocês conseguiram me expulsar de Predeal com fronteira e tudo!... Ah, como vocês, romenos, são endiabrados!... Até parecem meus irmãos!...

Em que momento ele retirou a mão do meio das minhas e se fez invisível, não sei. Pior ainda, até hoje nem sei dizer se nosso reencontro em Cetatea Albă aconteceu de verdade ou foi meramente um sonho...

Despertou-me o cumprimento ruidoso de um sargento-mor que eu conhecia do quartel-general, e que me prometeu seis barris de vinho de primeira. De resto, é inútil lhe dizer que tudo seguiu conforme profetizado por Seu Damian.

De volta a Iaşi, encontrei jornais de Bucareste anunciando a morte de Oreste. Duas semanas depois, recebi a notícia da capitulação dos búlgaros; em seguida, o desastre austro-húngaro na Itália, o avanço vertiginoso dos franceses, ingleses e americanos e, por fim, o armistício. Na noite de 13 de novembro, parti de Iaşi no primeiro trem destinado a titulares de salvo-conduto e, dois dias depois, cruzei a rua da Vitória, onde a prefeitura começava a erguer arcos de triunfo para receber o exército e os soberanos.

Meu amigo se calou, provavelmente por não ter mais o que dizer. Despedimo-nos com aquele embaraço típico dos apaixonados que juram permanecer juntos até o fim da vida. Pela primeira vez, senti como a solidão é capaz de me aterrorizar. Atravessei a soleira do hotel com o medo de uma criança que entra pela primeira vez num aposento escuro, e subi de escada os dois andares, contando os degraus para me iludir de que converso com alguém que me acompanha. Temia perder o fio de Ariadne, que deveria me ajudar, na manhã do dia seguinte, a descer para a rua, enquanto minha mão acariciava o corrimão com suavidade, como se esperasse domar a besta que confundia maldade com silêncio e a penumbra dos corredores em zigue-zague.

Diante da porta, estaquei como se alguém me houvesse sussurrado que eu me enganara. Meu quarto era o último do final de um corredor lateral. Meu número era o 49, que verifiquei com a ponta dos dedos, pois não trazia comigo, naquele momento, nenhuma caixinha de fósforos. O relevo das duas cifras, porém, confirmava que eu estava diante do meu quarto. Que estranha coincidência, pensei comigo mesmo: quatro mais nove são treze!... Em seguida, criei coragem e enfiei a chave no buraco da fechadura, girando-a duas vezes. O trinco e a maçaneta estalaram como sinais misteriosos em meio ao silêncio do corredor. Depois do primeiro passo, no entanto, fiquei paralisado. Havia mais alguém no quarto. Com a mão trêmula, apertei o interruptor elétrico e, junto com a luz, uma voz conhecida se ergueu do sofá:

— Perdão por vir sem avisar. Por outro lado, perdoo-o por ter-me feito esperar mais de três horas. Os sonâmbulos bucarestinos não estão de brincadeira...

Era Seu Damian. Sem me dar tempo de me recobrar e mesmo antes de eu conseguir dizer uma única palavra, o misterioso personagem, com quem me encontrara pela primeira vez três horas antes, levantou-se do sofá, aproximou-se de mim e, após bater no meu ombro num gesto patriarcal, aconselhou-me a adiar por dois dias a viagem a Bucareste. Declarou, ao mesmo tempo, me fazer aquele favor por simpatizar comigo e por saber que eu tinha sido amigo do Oreste, por quem nutrira tanto apreço e admiração.

Por que razão não deveria partir no dia seguinte, não me disse. Seu conselho era, no entanto, para mim, uma ordem à qual senti que tinha de me submeter sem qualquer explicação. Não escapei do que temia. Chegara também a minha vez, ou melhor, o coisa-ruim encontrara a ocasião de provar que o caminho de Damasco pode também passar, caso necessário, pelo quarto de um hotel.

Na noite do dia seguinte, em toda a Grande Oradea só se falava da catástrofe da estação Ciucea, onde o trem em que eu deveria ter embarcado descarrilou, deixando dezessete passageiros mortos e ferindo outras quarenta e oito pessoas, deixando dez em estado grave.

∽

Eis como a grandeza de Seu Damian teve a bondade de concluir a história do meu amigo com o capítulo da minha própria conversão. Não sei se o ocorrido merece ou não o esforço de quem decidiu contá-lo. De qualquer modo, o leitor das linhas precedentes está livre para sorrir com ceticismo, assim como fez o autor delas ao ouvir que aquele homem com cara de macaco e chapéu de palhaço, em pé diante da cafeteria Rimanóczy, era o coisa-ruim.

A gravata branca[1]

Visto que a fama literária e alguns poucos discursos bem proferidos, no período em que se manteve na oposição, sustentaram seus alegados méritos políticos, os mesmos que haveriam de levá-lo a ocupar, mais tarde, um cargo ministerial, o antigo cliente de Papa Kubler, tão logo se tornou ministro das artes, teve a feliz ideia de dedicar sua primeira recepção oficial aos velhos camaradas de sonhos e cafeteria.

No início, os cronistas mundanos tentaram de certo modo ridicularizar o novo ministro, que se atreveu a democratizar o cerimonial para além dos limites da tradição. Sua surpresa, no entanto, foi inesperada ao constatar que, na noite da festa, embora a maioria dos convidados fossem boêmios, todas as pessoas envergavam vestes de gala, e que os fraques, fossem próprios ou alugados, eram usados com tanta afetação, que mal se podiam distinguir verdadeiros proprietários de meros locatários. Quem até então passara a vida na companhia de canecas de cerveja quase sempre vazias, por sonhar o impossível diante de folhas com frases apagadas e inacabadas, ou por puir inutilmente os cotovelos no feltro verde da escrivaninha, no mármore malhado das mesinhas de cafeteria, dessa vez parecia começar a se livrar de toda a lama da má reputação, que o oprimia como uma maldição dos atridas. A recepção oferecida pelo ministro das artes lhes evidenciou não só os méritos da cachola, como também o culto ao belo quando subordinado ao luxo. Assim como os modestos edifícios estatais, que só podem se orgulhar da presença

1. Em memória de Andrei Naum, poeta romeno, alto funcionário do Ministério do Interior e major da reserva, morto à frente de seu batalhão na planície de Mărășești. [N. A.]

de autoridades nos dias em que hasteiam a bandeira nacional, ou como os navios de outrora, onde a linguagem dos que flutuam no mar se reduzia à troca de pavilhões na ponte de comando, os boêmios adotaram, desta feita, a roupagem da seriedade convencional, a fim de não comprometer o confrade que se tornou ministro, nem sua própria reputação de futuros ministeriáveis.

Ao apelo do ministro, responderam quase todos os parentes das nove musas. A quem esteve presente, no entanto, pareceu estranho o fato de que, entre os convidados, faltava justo o melhor amigo do ministro, Toma Radian, famoso autor daquelas poucas novelas fantásticas que conseguiram destruir os nervos dos alunos de liceu e desnortear todos os pontífices do romance social da época.

Perto da meia-noite, a ausência de Radian começou a produzir certa sensação. Todo o mundo o vira à tarde na cafeteria. Gozava, portanto, de boa saúde. Além disso, era conhecido por não faltar a nenhuma festa e, entre os poucos escritores que tinham um armário completo, Radian era sabidamente o mais bem-dotado...

Será que, nas últimas vinte e quatro horas, aconteceu entre ele e o ministro algo que fugia ao conhecimento dos presentes? Entre artistas, em especial quando são bons amigos, tais conflitos são tão comuns quanto um simples aperto de mão.

Pouco a pouco, a ausência de Radian começou a ganhar proporções de um grande acontecimento. Pelos ouvidos do ministro revoavam todo tipo de boato, uns mais fantasiosos e absurdos que outros, até que, num dado momento, em meio ao bom humor do público reunido, todos aqueles fragmentos de suposições ingênuas ou insinuações maldosas criaram uma dissonância, como uma bengala caindo com estrondo no assoalho de uma sala de concerto, em que um ilustre virtuoso sentimental estivesse tocando uma peça de Schumann.

Sorte que o ministro interveio a tempo e, detendo-se diante de um grupo de perplexos, dirigiu-se a eles num tom de visível enervação.

— Vocês querem saber mesmo por que o Radian não veio?

Todas as cabeças giraram na direção do ministro.

— Ele jurou nunca mais usar uma gravata branca... Eis a verdade!... No ministério, hoje de manhã, ele declarou, textualmente: "Se for para ir vestido de fraque, abstenho-me do prazer de participar de sua festa"...

A breve e inesperada explicação do ministro aumentou ainda mais a sensação produzida pela ausência de Radian.

Alguém objetou:

— Isso é tema de novela sensacionalista. Justo ele, que passa toda a noite só de fraque?

Um outro se precipitou em retificar:

— Não é verdade... O senhor ministro tem razão... Faz algum tempo que Radian só vai ao teatro de paletó.

— E de paletó também foi ao festival Alecsandri.

Um recém-chegado, por sua vez, interveio:

— Mas uma semana atrás... No concerto para órfãos de guerra, ele não foi de *smoking*?

— Exatamente! — repetiram quase todos, em uníssono. — No concerto ele foi de *smoking*.

O ministro interveio de novo, a fim de explicar a diferença entre um fraque e um *smoking*.

— Não se esqueçam de que *smoking* não é fraque... O *smoking* exige gravata preta. Se eu não tivesse lhe dito que fazia questão absoluta de que todos viessem de gravata branca, ele provavelmente teria vindo...

Os presentes puseram-se a sorrir maliciosamente, enquanto o ministro, visivelmente embaraçado, pareceu retomar o fio perdido de uma frase ainda mais elucidativa:

— Não levem isso na brincadeira, pois, para mim, trata-se de algo muito sério. Mas vocês sabem qual é a verdade disso tudo? Vejam bem... Vou-lhes contar eu mesmo, já que, mais cedo ou mais tarde, vocês também acabarão sabendo...

E o ministro pareceu morder a própria língua:

— Acho que o Radian começou a dar sinais de loucura. Suas novelas acabaram também por atordoá-lo. Acompanhem-me aqui para que eu lhes leia a carta que ele me mandou esta noite...

E o grupo de quatro pessoas, acrescido de mais três, penetrou discretamente no escritório do ministro que, após fechar a porta atrás de si, tirou de dentro de uma gaveta a seguinte carta, que leu com voz embargada:

Devo-lhe uma explicação o mais rápido possível, pois não quero que minha ausência na recepção desta noite seja interpretada como um gesto de hostilidade. Hoje de manhã eu lhe disse que não posso comparecer por ter de me vestir de fraque. Faz quase três meses que não visto mais meu fraque, pois fraque exige gravata branca, e gravata branca eu nunca mais usarei em toda a minha vida. Hoje de manhã não lhe contei o motivo, pois a explicação seria demasiado longa e não quis indispor os que esperavam que eu saísse para poderem entrar. Então, ouça-me agora. Não pense que sou louco ou que venho com zombarias para estragar sua boa disposição durante a festa, que desejo tenha o maior sucesso. Limito-me a contar o ocorrido, assim como escreveria uma novela que possa ser lida e compreendida por todo leitor. O mais importante é lhe contar a verdade. Eis, portanto, o verdadeiro motivo pelo qual jamais voltarei a usar, na minha vida, uma gravata branca:

Uns três meses atrás estive em Brăila, no casamento de um amigo de infância. Você sabe que nada me agrada mais que as viagens, mesmo que seja obrigado a fazê-las em condições desagradáveis. Para mim, um baú, uma mala ou uma simples maleta de viagem constitui um torturante ponto de interrogação que só posso suprimir partindo rumo ao desconhecido, sugerido por esses diversos e aborrecidos atributos da peregrinação moderna. Sou tomado por uma verdadeira volúpia ao fitar o ventre vazio de uma mala que devo preencher, e quando a charrete parte comigo para a estação, tenho a impressão de me livrar de toda a poeira da vida sedentária e, tal qual um Prometeu desacorrentado, desço vitorioso de cima do Cáucaso do meu sofrimento imaginário. Para mim, uma mala pronta para viagem é uma verdadeira águia domesticada...

Digo-lhe essas coisas para que possa entender a pressa com que respondi ao convite do meu amigo em Brăila e o meu rebuliço diante da descoberta feita só ao desfazer a mala no hotel: tinha esquecido em casa a gravata branca do fraque. Embora a falta de uma gravata de fraque — ainda mais em Brăila — não pudesse constituir uma desgraça para uma roupa de gala, minha negligência me aborreceu, pois era tarde e as lojas já deviam estar fechadas. Sem perder tempo pensando, ganhei a rua e, à primeira vista, constatei que não me enganara e que o meu amigo, no máximo, só poderia desfrutar da minha presença em Brăila, mas não no casamento dele. Minha situação era das mais ridículas.

Depois de uma viagem de quase cinco horas, teria sido um castigo demasiado absurdo eu ser obrigado a fazer minha própria Canossa[2] num quarto de hotel, em cujos salões os passos dos hóspedes ou a campainha elétrica me torturariam os tímpanos, preparados que estavam para escutar um tango argentino ou um foxtrote californiano. Decidi, portanto, ficar na rua o maior tempo possível e não retornar ao hotel antes de o sol raiar, para então fazer a mala de novo e seguir para Bucareste no primeiro trem.

Não sei se já esteve em Brăila. Mas você deve saber que os habitantes da cidade muito se orgulham da rua principal, que começa na praça dos Santos Apóstolos (onde a estátua do Imperador Trajano em vão implora às autoridades locais que mudem de lugar o poste que impede a sua visão) e segue reta, longe, tão longe que podia chegar até Râmnicu Sărat. Pus-me então a caminhar pela rua Real e, para conter o tédio, comecei a contar as confeitarias, que são a especialidade de Brăila.

Devia ser quase meia-noite. Visto que o tempo, para mim, já não tinha significado algum, continuei caminhando sem olhar

---

2. Referência à penitência de Canossa, de janeiro de 1077, em que o Imperador Henrique IV se ajoelha diante do Papa Gregório VII. [N. T.]

para o relógio e, sobretudo, a esmo, até que a segunda avenida circular me avisou ter chegado à periferia da cidade.

A que lugar mais acertado eu poderia chegar além de uma loja com a luz ainda acesa, cuja vitrine despojada e quase vazia exibia o seguinte cartaz, escrito em violeta?...

Mande a avareza para o inferno,
troque suas gravatas,
pois as pusemos em promoção.
Quem não acreditar, entre para ver.

Uma loja de gravatas!... Estava salvo!... Não sabia o que me esperava, mas pelo menos o último verso eu podia honrar. Naquele instante, porém, alguém parecia ter pregado meus pés à calçada. Fitei a loja com atenção, mas a alegria do primeiro instante voltou a derreter na mesma resignação com que ganhara a rua assim que atravessara o portão do hotel.

Que gravatas poderia ter aquela loja suburbana?... Gravatas vermelhas, verdes e lilás... Gravatas de má qualidade, para o gosto e para o bolso dos anônimos da primeira geração de camisas de gola engomada... Mas uma gravata de fraque!... Ah, o que eu não daria, naquele momento, por uma gravata branca... por uma simples faixa de organdi ou de pano da Holanda brunido!

Pus-me à porta da loja, como um vigia no portão de uma penitenciária da qual haviam fugido todos os presos. Da vitrine, meu olhar se ergueu instintivamente para a placa: "Agop Zarzarian: Loja de aviamentos e outras quinquilharias".

Pensei comigo mesmo: Seria uma gravata de fraque também uma espécie de aviamento?... E entre as outras quinquilharias do Seu Zarzarian, não haveria também por acaso uma gravata branca?

À medida que a perspectiva do êxito do meu raciocínio transformava o meu humor, meus pés pareceram descolar da calçada e uma mão invisível me impeliu amistosamente para dentro da loja. Dizem as Escrituras: "A quem bate, abrir-se-lhe-á". Eu, po-

rém, abri a porta sem bater e entrei de certo modo embaraçado, como se quisesse me desculpar pelo incômodo causado ao patrão numa hora daquelas...

A verdade é que minha chegada inesperada gerou certa sensação. A loja do Seu Agop Zarzarian era uma espécie de biboca dividida em duas por uma cortina de cânhamo colorido. Na frente, ficavam as prateleiras contendo os tais aviamentos e outras quinquilharias e, atrás, uma cama, um armário, um baú que devia servir de caixa de dinheiro, um aquecedor de lata e, em cima de uma cadeira sem encosto, uma bandeja com a respectiva chaleira de café. Dou-lhe esses detalhes porque, à minha chegada, a cortina de cânhamo estava aberta e a primeira cena que se formou diante dos meus olhos foi justamente a da moradia, e não a da loja propriamente dita do casal Zarzarian, que tomava café no balcão.

Ao me verem lá dentro, ambos estremeceram como se estivessem diante de um paxá turco. A esposa se precipitou para puxar a cortina, como se quisesse esconder sabe-se lá que virgem que eu poderia raptar, enquanto o marido, erguendo-se pesadamente da cadeira e se apoiando no balcão com ambas as mãos, perguntou-me, num tom ajustado à cadência dos dentes que batiam:

— O que o senhor deseja?...

— Perdão por incomodá-los a esta hora. Mas a culpa não é minha. Li o cartaz na vitrine e, ao ver a luz acesa, entrei... Talvez o senhor tenha por acaso uma gravata de...

Ah!... Como foi difícil completar a frase! Sentia-me ridículo. Uma gravata de fraque numa biboca miserável daquelas! Eis uma presunção que poderia comprometer até o mais modesto cliente. A razão da minha visita poderia ser considerada uma piada de mau gosto, e eu mesmo poderia ser considerado um gatuno disfarçado.

Após alguns instantes de hesitação, consegui desembuchar. Sim... Queria uma gravata de fraque, uma gravata branca, fina, uma simples faixa de pano da Holanda ou organdi pela qual, a rigor, eu poderia pagar três vezes mais, a despeito da promoção anunciada no cartaz da vitrine da loja.

Na medida em que entendia do que se tratava, o casal Zarzarian trocava olhares e espiadelas, após o que, cada um por sua vez, pareceu ter-me analisado o bastante para reconhecer em mim um novo detalhe, transmitido pela linguagem silenciosa do movimento das pálpebras.

O velho se pôs a falar balançando a cabeça, como se me contasse um drama íntimo:

— Não, meu senhor... Não temos nada parecido... Quem é que usa gravata branca por aqui?... Tente amanhã no centro da cidade... Lá com certeza o senhor encontrará algo desse gênero...

Mas a velha interrompeu a melopeia do marido com uma contração dos lábios e uma nova troca de olhares cheios de significado.

— Por que você não procura na caixa verde... sabe... tenho a impressão de que ainda temos uma gravata branca...

O marido continuou a balançar a cabeça e a dar de ombros, desiludido:

— Já tivemos, não digo que não... Mas o que tivemos, vendemos... No momento está em falta...

A esposa insistiu:

— Mas vai procurar, que deve ter restado alguma coisa. Lembro-me de não termos vendido todas... Aguarde um momento, meu senhor, que vou procurar...

Visto que o velho permanecia imóvel no lugar, ela o empurrou para o lado, agachou-se debaixo do balcão e tirou uma caixa de papelão verde que abriu com tanta precaução que, ao observar aquela operação inútil e ridícula, lembrei-me da famosa caixa de Pandora. A velha tinha razão. No fundo da caixa, como uma víbora esmagada, uma gravata de fraque deixava entrever sua forma branca e fosca.

Ao avistá-la, o velho estremeceu. O sorriso insinuante da esposa não conseguiu modificar seu mau humor. O comerciante permaneceu imóvel, como se se recusasse a me servir, enquanto seu olhar fixado no fundo da caixa verde parecia oscilar entre um temor ridículo e uma repulsa inexplicável. A gravata estava um pouco amarrotada, como se já tivesse sido amarrada no pescoço de outrem. Isso, contudo, não fazia a mínima diferença para mim, pois já me via *entre os convidados, no casamento do meu amigo. Ao perguntar o preço, os dois velhos mais uma vez se olharam, sem conseguir responder de pronto. Ele se limitou a murmurar qualquer coisa que não consegui entender e começou a encaixar a tampa de volta na caixa, enfiando-a de novo debaixo do balcão. Ela, no entanto, após um breve cálculo de cabeça, decidiu me responder: 20 lei.*[3]

Contei o dinheiro, paguei e fui embora segurando o pacotinho, como se temesse perdê-lo e ficar pela segunda vez com o armário incompleto.

Deixo que você mesmo adivinhe o verdadeiro recorde que bati ao trocar de roupa e envergar minha veste de gala. Cheguei no meio da festa, poucos minutos antes da meia-noite, justamente quando, da escada, ouvia-se como as rolhas das garrafas de champanhe cumprimentavam os primeiros acordes de Amoureuse, *uma valsa que costumava emocionar o meu amigo. Minha chegada no grande salão foi uma verdadeira reviravolta cênica. Os genros deixaram a noiva de braços estendidos, precipitaram-se na minha direção por entre os casais de dançarinos que, sem saber o que estava acontecendo, pararam de dançar. Os músicos também cessaram de tocar e os garçons do bufê invadiram o salão com os guardanapos no braço. Logo após as primeiras explicações e devidas apresentações, a festa continuou e a "Amoureuse" foi retomada, dando-me a oportunidade de realizar com a noiva meu primeiro* tour de valse.

Até aqui, nada de incomum no meu relato. Daqui por diante, porém — conforme as Escrituras —, "Quem tem ouvidos para ouvir, ouça"...

Mal tinha bebido, após o término da valsa, minha primeira taça de champanhe, quando fui envolvido por uma tontura brusca e inexplicável, como se navegasse num mar encapelado. Uma crise nervosa me sacudiu dos pés à cabeça, minha visão se turvou e, num dado momento, tive a impressão de que meu coração não batia mais. Esgueirei-me então até o escritório do meu amigo, onde estava acesa uma única lâmpada elétrica debaixo de um

---

3. Plural de "leu", moeda romena. [N. T.]

abajur violeta, e me atirei pesadamente a uma poltrona de couro, localizada no canto mais escuro do cômodo. Cerrei os olhos e escancarei a boca para respirar melhor. Tinha a impressão de que meu pescoço havia engrossado ou que a gola se estreitara. O que era, não sabia. Mas me sentia sufocar. Alguém parecia estrangular meu pescoço e o nó da gravata apertava com força o botão da gola, enfiando-o fundo na garganta. Tentei gritar por socorro, mas minhas palavras pareciam se liquefazer numa respiração pesada como o som estridente de um trompete quebrado.

Confesso que jamais me senti tão próximo da morte como naquele momento. Realizei então um último esforço, levando as mãos à gola e, com dedos gelados e vacilantes, segurei as duas pontas da gravata a fim de desfazer o nó. Naquele momento, no entanto, uma nova crise nervosa me sacudiu com mais força. Nos cantos da gravata, meus dedos encontraram outros dedos, tão gelados e apressados quanto os meus. Arregalei os olhos e, diante de mim, vislumbrei um jovem de fraque, levemente inclinado sobre mim.

O alvoroço do primeiro instante não me deixou imaginar o verdadeiro motivo daquela inesperada intervenção e, a fim de sair daquela situação que eu mesmo não conseguia avaliar, pensei em agradecê-lo pela solicitude demonstrada.

Naquele momento, no entanto, senti como perdia minhas forças pela segunda vez e como minha voz se petrificava na garganta, embora a gravata já estivesse desfeita e o nó, que até então me sufocava, desaparecera.

O desconhecido, que segurava diante do meu olhar a gravata que eu comprara meia hora antes, na loja do casal Zarzarian, era um esqueleto vestido como eu, de fraque, mas, também como eu, sem gravata no pescoço...

Abri os olhos como quem sonha com uma pessoa de que não se consegue lembrar e, entre os cantos da boca, senti como escorria uma saliva amarga, como se uma cápsula de quinino houvesse estourado entre os meus dentes. Por seu lado, o esqueleto à minha frente se pôs a falar no tom mais perfeitamente cortês de uma pessoa viva e bem-educada.

— Perdão pelo incômodo... Mas esta gravata é minha e, a partir da meia-noite, sempre preciso dela...

A estranha e inesperada aparição do dono da gravata não me deu nem mesmo tempo para o contradizer. A troca de posse se fez sem qualquer outra formalidade. O esqueleto me cumprimentou com a graça do mais impecável savoir-vivre e desapareceu pela outra porta do escritório, como se fosse um habitué da casa.

Tão logo sozinho, dei-me conta do ridículo da situação, que me obrigou a seguir o caminho do fantasmático dono da gravata. Apalpei minha gola de novo e, após constatar pela segunda vez o sumiço da gravata e a minha inutilidade no casamento, esgueirei-me pela porta por onde o esqueleto desaparecera.

O temor do momento daquela aparição macabra desapareceu de imediato, como se uma criatura sobrenatural me houvesse dado para beber a poção mágica mencionada em nossos contos populares. A curiosidade e a teimosia por decifrar o mais rápido possível aquele mistério do qual fora vítima me transformaram numa espécie de cavaleiro sans peur et sans remord —, camarada póstumo do rei Artur, que exigiu o lugar que lhe cabia à távola redonda. Mas o meu heroísmo tinha que se limitar à hipertrofia de um mero capítulo de romance sensacionalista.

No corredor escuro e estreito, só encontrei um criado sonolento, que me conduziu até o hall do andar de cima, onde deixara o casaco.

Ao chegar à rua, pus-me a recapitular o epílogo daquela extraordinária aventura, pressentindo que se prolongaria até o cantar do galo. Em primeiro lugar, queria saber da história daquela gravata errante, que pousara apenas por um breve momento na minha gola como uma estranha mariposa, da reputação comercial do casal Zarzarian e, enfim, da identidade do verdadeiro dono que, contrariamente às leis em vigor, impunha seus direitos com a autoridade brutal e misteriosa de um bandido mascarado.

A rua estava deserta. Embora pisasse na ponta dos pés, com medo de produzir ecos que pudessem me dar a impressão de estar sendo seguido, a calçada ressoava como os passos do suspeito personagem, que vi ressurgir na vidraça das vitrines diante das quais passava. Ao mesmo tempo que cheguei diante do hotel, uma charrete parou.

Será que... Não... Não havia ninguém na charrete. O dono da gravata provavelmente não tinha mais nenhum motivo para duvidar da minha boa-fé...

O porteiro roncava com a cabeça apoiada no canto da parede, que ostentava a tradicional prateleira tripla da qual se dependuravam as chaves dos quartos e os cartões de visita dos hóspedes. Ao estender a mão para tirar a minha chave do gancho, não sei por que a deixei cair no ombro do porteiro, que, despertando do sono, arregalou os olhos e murmurou algumas palavras das quais só consegui entender:

— Como é que ele se chama?...

Não tinha perguntado o nome de ninguém, mas, como ele mesmo me deu a deixa, repeti o único nome que insistia nos meus lábios naquele momento.

— Zarzarian!...
— Zarzarian?... Não conheço...
— Zarzarian, o dono da loja de gravatas da rua Real, fica... depois da...

O porteiro esfregou os olhos com o dorso da mão. Provavelmente tentou afastar primeiro a perplexidade que minha pergunta brusca e inútil produzira naquela altura da madrugada. Eu, contudo, repeti, como uma criança teimosa, a besteira absurda que me passava pela cabeça.

— Zarzarian!... Zarzarian!... Zarzarian!...

Num dado momento, o porteiro suspirou profundamente e, fitando-me com certo embaraço, me perguntou:

— Será que não é aquele armênio que matou o filho do general?...

Agora acho que você consegue adivinhar quem era o dono da gravata branca.

As informações do porteiro foram confirmadas por uma coleção de jornais de vinte e cinco anos atrás, que pesquisei na Academia, já no dia da minha chegada a Bucareste. Naquela época, o casal Zarzarian era dono de uma padaria e tinha uma filha — conforme *a indicação de diversos correspondentes locais — de uma beleza "estonteante", "surpreendente", "sem igual" etc. Se eu não soubesse que as notícias locais o aborrecem muito mais do que os discursos da oposição, eu lhe reproduziria as duas colunas e meia do jornal* Universul *do ano de 1895. Embora em estilo telegráfico, eis o que ocorreu em Brăila há um quarto de século:*

A senhorita Zarzarian amava, ou melhor, vivia com o jovem procurador D., *filho do general, comandante da divisão local. Seu idílio, porém, haveria de durar pouco — destino dos idílios nas cidades provincianas, em que a maioria das pessoas discretas sofre com o defeito do famoso barbeiro do rei Midas. Os pais da moça descobriram e passaram a persegui-lo. Os jovens apaixonados, porém, de nada suspeitavam. Ao se tratar de segurança pessoal, o avestruz e o indivíduo apaixonado procedem exatamente da mesma maneira. Dessa vez, porém, o caçador não haveria de se contentar só com as penas do precioso pássaro: o pai da senhorita Zarzarian foi mais longe. O embate se deu na madrugada do ano-novo, quando os jovens voltavam do Círculo Militar onde haviam festejado o réveillon. A explicação foi curta: umas poucas palavras, duas ou três bofetadas e uma facada no devido lugar. A partir daquele momento, o filho do general não era mais o amante da senhorita Zarzarian. Temendo a responsabilidade, o padeiro atirou o cadáver para dentro do próprio forno de assar pão e, na manhã do dia seguinte, o ano-novo estreou em Brăila com a notícia do desaparecimento sem vestígios do procurador* D. *Um indício, no entanto, havia. E esse indício — a gravata branca que se desprendeu do pescoço da vítima durante a briga — constitui ainda hoje, um quarto de século mais tarde, o único legado, intacto e funéreo, que o casal Zarzarian guarda do amante de sua filha.*

A descoberta do crime, o processo, a condenação, a morte da moça num manicômio e o indulto concedido aos criminosos, após vinte anos de trabalho forçado, não creio que lhe interessem. Notícias locais perdem a atualidade mais rápido que um ex-ministro... Não aludo à sua situação de amanhã, mas ao tumulto da curiosidade humana no momento em que é acossada pela novidade do fato inesperado.

Após um quarto de século, o crime do casal Zarzarian parece nem ter existido. A gravata branca, no entanto, existe. Usei essa gravata no pescoço por quase uma hora. Ela me possibilitou assistir ao casamento do meu amigo de Brăila, assim como me desproveu do prazer de me encontrar entre vocês esta noite. Ela foi minha última gravata branca, talvez justamente por não ter sido realmente minha... Se por acaso você for a Brăila, por favor passe pela "Loja de aviamentos e outras quinquilharias" do casal Zarzarian e tente comprar uma gravata branca. Você a reconhecerá de imediato. Eles só têm uma — a gravata do morto... aquela gravata amaldiçoada que, embora já a tenham vendido centenas de vezes, sempre retorna, toda manhã, para o seu lugar, no fundo da caixa verde... O primeiro pressentimento nunca me engana. O caixão de papelão daquela víbora esmagada era realmente a caixa de Pandora...

A carta de Toma Radian, no entanto, careceu de comentários.

O sumiço por tempo demasiado do ministro poderia gerar comentários ainda mais graves, sobretudo por parte dos convidados oficiais, alheios ao ocorrido há um quarto de século em Brăila.

O homem do coração de ouro[1]

Meu amigo Dumitru Dumitrescu Dum-Dum é um intelectual no estilo de Edgar Poe. Assim como seu incomparável confrade de além-mar, Dum-Dum bebe todo tipo de álcool sem nenhuma preferência, até cair debaixo da mesa. Em suas poucas horas livres, escreve novelas e romances sensacionalistas, pelos quais os diretores dos jornais lhe pagam cinquenta centavos a palavra, para os publicar no folhetim com os dizeres finais "a seguir".

Dum-Dum e eu somos vizinhos de quarto. No vestíbulo de teto e paredes decorados com arabescos multicoloridos, remendados aqui e ali com argamassa branca de cal, nossas portas parecem incólumes e solenes como dois ícones religiosos no altar de uma igreja cristã ortodoxa. Alguns anjos e pombas estilizados numa espécie de rococó completam a pintura mural do nosso santuário comum, em que Dona Filina celebra o preparo do café da manhã. Nos quartos, só dormimos e trabalhamos. A janela de Dum-Dum dá para a rua, e a minha, para o quintal.

A proprietária desta e de outras casas antigas na rua do Outono nos ama como a seus filhos — dois moços mais ou menos da nossa idade, ambos mortos na guerra, no vale do Prahova. Por seis anos não aumentou um só centavo do valor do nosso aluguel. No bairro, começaram mesmo a nos considerar herdeiros da Dona Filina, que justifica seu comportamento para conosco com a tradicional oferenda ritual destinada ao descanso e à abundância póstuma dos que estão no outro mundo.

— Pela alma dos mortos! — suspira ela sempre que as vizinhas lhe abrem a perspectiva de um ganho maior.

1. Em memória de Mihail Săulescu, poeta romeno e soldado voluntário, que dilacerou o próprio coração de ouro no arame farpado das trincheiras de Predeal. [N. A.]

Nós dois, também, por outro lado, somos inquilinos ideais: não fazemos barulho, mantemos os quartos limpos e, sobretudo, não trazemos mulheres para casa à noite.

A fraqueza do meu amigo passa quase desapercebida. Dum-Dum é um bêbado simpático. Costuma beber sozinho, tranquilo e digno como um rio que engole os afluentes com a serenidade de um agrupamento fatal, até se atirar ele mesmo, mais tarde, ao mar. E o mar de Dum-Dum é um divã coberto por uma manta da Oltênia, por cima da qual Jesus Cristo, de dentro da moldura de um velho ícone bizantino, parece perpetuar a bênção de um cálice de ouro: "Bebei dele todos; pois isto é o meu sangue, o sangue do pacto, o qual é derramado por muitos para remissão dos pecados..."

Nossos quartos têm quase a mesma mobília. O mesmo divã que usamos para dormir, a mesma escrivaninha com uma estante rolante à direita e um armário de roupas à esquerda, a mesma lareira branca de alvenaria, com acabamento em imitação de mármore, e o mesmo cabide de ferro atrás da porta. A única diferença é o ícone. No meu quarto, Jesus Cristo não está com os apóstolos à mesa. Está pelado, nas águas do Jordão que lhe bate nos tornozelos, recebendo o batismo de São João enquanto o anjo do Senhor aguarda, com um pano branco nos braços, que se conclua o sacramento cristão.

Dona Filina costuma nos contar anedotas da juventude, ou até mesmo mais antigas, transmitidas pelos pais, do tempo em que "os boiardos ainda iam de carruagem até Brașov", como diria Ion Pillat.[2] Muitas delas foram popularizadas por Dum-Dum nos folhetins dos jornais que dedicam algum espaço, em especial aos domingos, à literatura. A colaboração anônima da nossa senhoria provavelmente contribuiu para o crescente interesse do meu amigo por temas sensacionalistas, que, sobretudo após a guerra, atraem mais os leitores do que a realidade abjeta de um conflito social ou a banalidade maçante de amores hipócritas. Nada mais natural, no entanto, que no ambiente criado nesta

---

2. Verso de Ion Pillat (1891–1945), poeta, ensaísta e editor romeno. [N. T.]

casa, Dona Filina, Dum-Dum e eu tenhamos nos tornado, com o tempo, executores testamentários de tantos fantasmas, até então desprovidos do carinho póstumo da realização de seus últimos desejos por meio da popularização publicística.

⌇

Alguns dias atrás, Dum-Dum entrou no meu quarto, pálido e desfigurado, como se tivesse saído da mesa de cirurgia. O vinho "batizado" não só danifica o estômago, como também modifica os traços faciais. Achei, portanto, que houvesse sido vítima de um taberneiro inescrupuloso.

— O que foi?... Arrebentou de novo o bico do balão?...

Ele me fitou com um olhar turvo e me respondeu que não, com o circunflexo das sobrancelhas.

— Onde você esteve ontem à noite?...

— No quarto... Dormi até agora há pouco.

Pensei que tivesse passado o tempo todo fora. Como não tive nada de interessante para lhe comunicar durante o dia, fui de manhã para o Ministério sem passar pelo quarto dele e voltei às pressas para definir o regulamento dos alvarás de exportação de trigo, que o Ministério havia me confiado em segredo. Qual poderia ter sido, portanto, o motivo daquela aparição fantasmática do meu amigo?

— Então, o que é que aconteceu?... Você parece ter sido fervido em cera!...

Dum-Dum meteu dois dedos no bolso do colete e tirou um pequeno objeto, estendendo-o para mim.

— Conhece isso?

Era o camafeu de um anel que ele usava no mindinho, uma cornalina oval e convexa como uma tâmara, com o relevo de uma pomba com um ramo de oliveira no bico, flanqueada por um A e um Ω.

— Claro que conheço!... Mas onde está o anel?... Por que você arrancou a pedra?...

— Não fui eu quem arrancou.
— Então quem foi?
— Ele!...
— Ele quem?...
— O homem do coração de ouro!
— Admirável título para uma novela fantástica! — exclamei.
Não entendi, porém, a necessidade de ter desmontado o camafeu e, sobretudo, por que mantinha aquela cara de faquir.

Nem as subsequentes explicações conseguiram me esclarecer por completo. Pior, a seriedade incomum do meu amigo, com o tempo, começou também a me perturbar. Até então só costumava ouvir acontecimentos estranhos, que a fantasia de Dum-Dum descrevia em contextos mais ou menos verossímeis, mas jamais impossíveis. Dessa vez, no entanto, o ocorrido na noite anterior superava a fantasia da inteligência de um homem sóbrio, para se confundir com a irrealidade dos devaneios de fumadores de ópio e haxixe.

A história do meu amigo foi longa e repleta de peripécias. Ela nos consumiu três rodadas de café turco duplo e três cigarros de palha cada um, fez a Dona Filina perder o ingresso gratuito para a apresentação de *Hamlet* com Aristide Demetriade e encareceu o nosso jantar, que tivemos de improvisar no terraço de uma bodega, depois da meia-noite.

∽

Quando conta alguma coisa, meu amigo nunca é sucinto. Ele inventa todo tipo de detalhes que encompridam a história, como a infinidade de pompons de um xale veneziano. Quando está sóbrio, assume o balanço de um gondoleiro, e sua voz metálica se arrasta meio que ebuliente e oxidada como uma mandolinata pelo *Canale Grande*. Sob o efeito do fumo, porém, fica rígido, mudo e misterioso como a *Bocca di Leone*, que nem todos os anônimos da época do doge conseguiram saciar. Dessa vez, embora abatido, meu amigo estava sóbrio.

— Voltei para casa mais tarde do que de costume — começou a contar. — Devia ser perto da meia-noite. Atrasaram-me a chuva e a constatação banal, aliás, de que na chuva desaparece toda diferença entre as nomenclaturas "urbano" e "rural". As calçadas de Bucareste, em especial quando chove, têm o ar de uma mulher perdida. Na avenida Carol, quase deserta, contei todas as manchas cor de violeta que os postes elétricos desenhavam no asfalto, até um edifício de quatro andares, diante do qual, não sei por quê, me detive. Quando chove, é raro olharmos para cima. Pela primeira vez, Bucareste me pareceu uma cidade realmente grande. À luz elétrica, a transparência das gotas de chuva dava àqueles quatro andares a grandiosidade da multiplicação ao infinito. No último andar, uma janela estava aberta. Um violino rangia uma canção de Delmet. Quando chove, todos os violinos parecem ranger. Sorte que uma voz masculina interveio a tempo:

Encore un baiser veux-tu bien —
Un baiser qui n'engage à rien...[3]

Admirável ocasião, pensei comigo mesmo. Talvez houvesse encontrado mais um elemento para a minha pesquisa, intitulada "O beijo através dos séculos"... Tanto o violino como a voz do homem, contudo, se calaram. Se a janela fosse mais embaixo, eu não teria me contentado com um mero elemento sonoro. Porém, o que acontecia naquele aposento do quarto andar tinha que permanecer um eterno mistério. Mas pensei: por que, quando chove, só cantarolamos refrões em que abunda a palavra "beijo"? Será pelo fato de as gotas de chuva esboçarem, ao caírem na calçada, o gesto sensual de lábios que aderem a outros lábios?... Chuvas velozes, em especial, têm um quê da vertigem das cascadas. Ora, para além dessas curiosas quedas naturais d'água, só o

---

3. "Mais um beijo, você quer —; Um beijo que não comprometa a nada." Palavras da canção francesa *Petit chagrin*, da década de 1890, autoria de Paul Delmet. [N. T.]

beijo é capaz de nos oferecer a vertigem das profundezas em que, perdendo o olhar, acabamos nos perdendo por completo. Mas a minha pesquisa teve que ficar lá onde eu a deixara...

Você sabe que trato do culto do beijo na Antiguidade e, sobretudo, entre os ilhéus de Lesbos e do arquipélago grego. A esse respeito, citei inclusive os versos de Baudelaire:

Lesbos où les Baisers sont comme les cascades,
Qui se jettent sans peur dans les gouffres sans fond.[4]

Evoco em seguida as definições de beijo apresentadas por Catulo, Tibulo, São Paulo, pelo Papa Alexandre VII, por Johannes Secundus em seu opúsculo *Liber basiorum*, Verlaine, Rostand e outros contemporâneos. Todas são, entretanto, equivocadas e incompletas. Lembrei-me, então, de ter em casa um livro adquirido num sebo um dia antes — obra de um anônimo, publicada sob o patrocínio do rei Luís XIV — no qual, folheando-o a esmo, encontrei novas definições de beijo...

A chuva parou. Apertei os passos e, tão logo cheguei em casa, abri a janela. Embora fosse quase meia-noite, o rumor das ruas cheias de gente chegava até mim. O aroma da acácia pairava na atmosfera úmida como um fluido misterioso e revivificante de não sei que antigos cansaços da terra. A chuva parecia tê-lo despertado e lhe dado asas; naquela noite, pareciam ter chovido apenas flores de acácia, que intoxicaram toda a cidade com seu aroma fosforescente, insinuante e sensual...

Abro o volume do autor anônimo e leio. Há coisas admiráveis nesse livrinho. Ouça, por exemplo:

O beijo é a própria mulher. O beijo verdadeiro é apenas o beijo dos lábios. O beijo é um excitante e, ao mesmo tempo, um calmante. Ele irrita, domestica e mata. Só o beijo pode dizer se somos amados. O corpo da mulher se vende, o beijo se oferece.

---

4. Em português, "Lesbos, onde os beijos são como cascatas; Que se lançam sem medo nos abismos sem fundo." [N. E.]

Que tal? Num dado momento, dirijo-me até a janela aberta para a rua. As janelas do térreo não têm a mesma poesia das do quarto andar. Se um transeunte atrasado detivesse seus passos diante da minha janela, seria capaz de olhar para dentro sem ser molestado por ninguém. Em geral, no entanto, só nos detemos sob janelas por trás das quais paira algo do ambiente misterioso das cortinas fechadas.

O aroma das acácias se tornou insuportável. O lampião diante da minha janela se apagou. Não se podia ver mais nada na rua além do brilho fugaz das gotas d'água que atravessavam, fugidas do beiral do telhado, o quadrado de luz da janela. Nalgum lugar ao longe, um relógio batia meia-noite... Você bem sabe que a minha sensibilidade nervosa anuncia a meia-noite com uma precisão de cronômetro. Via de regra, a essa hora as minhas pálpebras se fecham sozinhas como as chaves de uma flauta, livres da pressão dos dedos. Estava com sono e me preparava para fechar as vidraças...

Mas, naquele momento, na esquadria da janela, como na moldura de um quadro que eu houvesse pendurado na parede, surgiu o retrato de um velho de barba branca, comprida e repuxada para a direita, uma cópia exata, se não fosse o próprio original que servira de modelo a Buonarroti, do famoso Moisés. Permaneci paralisado. Percebi, desde o primeiro instante, que a aparição da janela nada tinha da frágil existência de um fantasma, não se tratando de uma hipérbole visual, nem da reconstituição nebulosa de um espírito por mim imaginado. Diante de mim estava uma criatura de verdade, com corpo de gente como toda gente, um velho de rosto pálido porém móvel, de olhos mortiços porém bastante vítreos, de voz cansada porém bastante sonora.

Por alguns instantes, ficamos nos fitando, como se houvéssemos flagrado um com a mão no bolso do outro.

Em seguida, sua voz me fez estremecer. Seus lábios se delinearam subitamente vermelhos em torno do arco negro da boca, como o instrumento que fixa os condenados à guilhotina, e seus dentes alvos e brilhantes como lâminas caíram várias vezes, decapitando uma frase estranha, sem sentido, composta só de cifras.

— Cento e treze mil, setecentos e treze.

Quem era esse convidado que chegara sem ser chamado e o que significava essa maneira de começar uma conversa com uma frase aritmética? Aproximei-me da janela e perguntei:

— Deseja alguma coisa?

Respondeu-me com um gesto afirmativo.

— Caso esteja atrás de dinheiro, já vou avisando que não possuo a soma que acabou de me pedir.

— Não era dinheiro... Cento e treze mil, setecentos e treze é o cálculo de dias, de vinte e quatro horas cada, que vivi até esta meia-noite.

Após calcular rapidamente, esse número de dias representava algumas centenas de anos. Tratava-se provavelmente de um louco. Com os loucos, porém, deve-se falar de outra maneira. Para conversar com um louco, é necessário falar por meio de parábolas, como os sábios, ou saber dar uma de louco. Uma pessoa simples, intelectualmente medíocre, não tem como compreender o caráter pitoresco da conversa com um louco. Aderi à janela e minha face de súbito sentiu a brisa da noite umedecida pela chuva primaveril e o hálito quente e embolorado do desconhecido da rua. Dei-lhe um sorriso amistoso e perguntei:

— Você teria a bondade de me dizer quantos anos tem?

— Trezentos e onze anos e cento e noventa e oito dias, considerando, claro, os trinta dias dos anos bissextos.

— E por que é que você está há tanto tempo por aqui?

— Não posso morrer até estar completo, como todos os mortais.

— Falta-lhe algo?

— Sim...

— Algum órgão importante?

— O mais importante de todos... O coração!... Perdi-o por um único beijo. Apesar disso, o beijo pelo qual fui assassinado me perpetua, como pode observar, sob a forma de uma estátua sem vida...

Expressei minha compaixão com um gesto exagerado de falsa desolação, até chegar às lágrimas. Mas o seu comportamento calmo e digno me deu a entender que o velho não precisava da minha compaixão. Procurei, então, retomar a conversa.

— Como você se chama?...
— Abraão Zaqueu...
— Perdão, mas é a primeira vez que ouço esse nome. Não seria o irmão do judeu errante?
— Ah, não!... Para início de conversa, nem judeu sou... Entre 1613 e 1693, eu tinha outro nome. A partir do dia em que completei oitenta anos, adotei o nome do patriarca Abraão, pai de Isaac e fundador do povo hebreu e, vinte anos depois, o de Zaqueu, pois um século de vida me dava o direito de me denominar realmente "velho".[5]

O louco me deixou cravado à janela. Estava tão perto dele que o vento fazia fios de sua barba esvoejarem sobre o meu peito.
— Mas quem é você?
— Sou o homem do coração de ouro.
— Mas você acabou de me dizer que não tem coração.
— Não tenho mais, porque me roubaram... Já faz mais de trezentos anos, desde que comecei a perambular para o recuperar, para estar completo como todos os mortais e poder finalmente morrer!...

Em toda a minha vida, jamais tinha visto uma tristeza tão irremediável; o suspiro profundo e abrasador do desconhecido à minha frente parecia abarcar a maldição de toda uma geração de Danaides. O louco arrasou dentro de mim a cúpula do templo em que guardara o ensinamento dos pontífices da sabedoria humana. Não sabia quem era esse Abraão Zaqueu, condenado a viver ao infinito. Por outro lado, compreendo que a morte de uma pessoa não passa de uma suspensão do relógio, e que o corpo sem coração, assim como o homem sem relógio, pode realmente viver infinitamente... A duração do tempo não passa

---

5. Em hebraico, *zaken* significa "velho". [N. T.]

do movimento convencional dos ponteiros, seja por girarem em torno de um mostrador esmaltado, seja por se agitarem no interior de quatro compartimentos de carne ensanguentada.

∽

Até ali, meu amigo só interrompera a história durante os dois goles com que esvaziou uma xícara de café inteira.

— Faça-me um mais doce, porque a história que tenho para contar é amarga o suficiente.

E meu amigo continuou:

— Eis a história do homem do coração de ouro. Reproduzo-a assim como a ouvi. Não acrescentei mais nada, uma vez que é impossível imaginar algo além... Parece que, durante a juventude, Abraão beijava melhor do que todos os nobres da corte de Luís XIII. No início, as mulheres do povão o apelidaram de "boca de ouro". Tendo em vista que o beijo não é mais que o ritmo plástico do coração humano, uma freira de Port-Royal o chamou de "homem do coração de ouro", e o eco dessa rumorosa reputação acabou chegando até o palácio do Louvre. A rainha Ana fez questão de conhecê-lo. Inconsolável com a morte do duque de Buckingham, a rainha pediu ao cardeal Richelieu que o integrasse à corte. O astuto chanceler, no entanto, também estava a par da fama do jovem *gentilhomme*. Certa noite, três espadachins mascarados o atacaram na praça da igreja Saint-Germain l'Auxerrois, bem na frente do palácio de onde saíra às escondidas. Entretanto, em vez de levarem o coração ao mandante como prova do cumprimento da missão, eles o venderam a um ourives por setecentas e cinquenta piastras, dividiram o dinheiro e fugiram para os Estados Papais.

Agora deixo que você imagine por si só as viagens realizadas pelos diversos fragmentos do coração do pobre Abraão ao longo de trezentos anos. A história do misterioso personagem é muito mais extraordinária que a do judeu errante. Ahasverus, ao menos, foi amaldiçoado por Jesus Cristo. Abraão Zaqueu, no entanto, foi apenas vítima do mais belo tesouro que alguém pode ter. Há quase trezentos anos, esse homem perambula de cidade em cidade, de país em país, de continente em continente, no intuito de juntar o ouro do próprio coração, espalhado por diversas joias, transformadas elas também, por sua vez, dezenas ou talvez centenas de vezes. Em Paris, Florença, Varsóvia, Esmirna, Colombo, Sydney, Recife, Caracas, Nova York, Toamasina e não sei por quais outras cidades, Abraão encontrou um broche, um par de brincos, um anel, um bracelete, um alfinete de gravata, uma abotoadura, uma tampa ou uma corrente de relógio, que resgatara de acordo com a importância do objeto e, sobretudo, conforme o coração de seu dono.

É a mais excepcional tragédia humana que conheci até hoje e, provavelmente, a maior honra que pôde me conceder a generosidade das fadas-madrinhas. Concluí eu mesmo, noite passada, o último capítulo desta história sobrenatural...

⁓

Embora deprimido, meu amigo ainda aparentava estar plenamente satisfeito, como Napoleão Bonaparte após a vitória de Austerlitz, retratado num quadro da Dona Filina. Não sabia se devia sorrir ou manter a seriedade, acrescida à curiosidade pelo fim daquela tragédia sensacional. Tinha certeza de que a história do homem do coração de ouro havia sido integralmente inventada pelo meu amigo, que decerto estava sondando os efeitos de um novo folhetim.

Mas ele adivinhou meu pensamento e apressou o final da história, antes que eu pudesse dizer qualquer coisa.

— Você talvez poderia perguntar — continuou — o que é que o velho Abraão estava fazendo no meu quarto... O quê?... Ainda não descobriu?... Estava procurando isso...

Dum-Dum tirou de novo, do bolso do colete, a cornalina desmontada do anel.

— Estava procurando o último fragmento do seu coração. Não hesitei um único segundo. Dei-lhe o anel com a mesma satisfação da alma com que teria me apiedado de um mendigo. Senti, porém, que, oferecendo a possibilidade da morte àquele mendigo, eu estava também lhe oferecendo a própria vida, que só podemos viver de verdade se a sujeitarmos ao coração. O velho pegou o anel com lágrimas nos olhos.

— Não tenho como pagar por ele — disse-me. — Mas, em troca, evoque a minha façanha na sua pesquisa sobre o beijo... Talvez produza sensação...

Com o dedão, ele em seguida desmontou e me devolveu o camafeu; tirou do bolso uma imensa quantidade de outras joias danificadas, juntou-as na palma das mãos reunidas em forma de concha, soprou nelas como se quisesse acender um carvão quase apagado e as engoliu, erguendo o olhar para o céu e alongando o pescoço como um cisne que não bebia água há trezentos anos...

O que se seguiu, não sei. Abraão Zaqueu desapareceu como se um buraco houvesse se aberto sob os seus pés. Inclinei-me no parapeito da janela e olhei para fora. Na rua do Outono, a escuridão era mais negra e compacta do que as noites do *Inferno* de Dante.

Quis lhe contar na hora o ocorrido, mas você estava dormindo e fiquei com pena de acordá-lo. Voltei para o meu quarto e adormeci, sem trocar de roupa, como depois de uma bebedeira rabelaisiana, quando sentimos a cabeça inchada como um barril e as pernas mais compridas que um trem de carga.

∽

A seriedade constante do meu amigo me deu a entender, desde o início, que deveria adiar para outra ocasião as piadas com que eu costumava concluir nossas conversas literárias. Como folhetim sensacionalista, aquela criação de Dum-Dum era impecável.

Saímos para comer numa bodega do centro da cidade. Ali, meu olhar pousou por acaso num jornal vespertino, detendo-se instintivamente na rubrica "Ocorrências na capital".

— Te peguei — exclamei, triunfante.
Ele não entendeu a que eu me referia.
— Olha só de onde você tirou a história do homem do coração de ouro...

∽

Meu amigo, surpreso, olhou para as linhas por mim indicadas.

Hoje de madrugada, na rua do Outono, foi encontrado morto um velho quase desnudo, sem qualquer documento de identidade. O cadáver foi transportado para a morgue.

— Pois esse é o Abraão Zaqueu — sussurrou ele, com o temor de quem procura manter o controle.

Tinha certeza de que meu amigo havia lido o jornal antes de mim, e que a história do homem do coração de ouro havia sido tramada com a rapidez de um jornalista experiente que, quanto mais inteligente é, mais se torna um perfeito instrumento mecânico nas mãos do chefe de redação ou mesmo do diagramador. No dia seguinte, Dum-Dum entrou de supetão no meu quarto.

— Sabe que eu não consegui dormir a noite inteira?... Vamos para a morgue... Preciso ver sem falta o velho encontrado morto na rua do Outono.

O epílogo da história do homem do coração de ouro prometia se tornar interessante.

Fomos para a morgue, onde tivemos a sorte de descobrir que o médico de plantão, naquele dia, era justamente um amigo nosso. Os corpos dos indigentes estavam enfileirados como feixes de legume na feira. Diante de um velho que, com base na descrição da véspera, reconheci como sendo Abraão Zaqueu, meu amigo se deteve piedoso e sussurrou:

— É esse...

O médico nos olhou confuso num primeiro instante e, em seguida, movido pela curiosidade, nos perguntou com certo embaraço:

— Como sabe que é esse?

Agora, a perplexidade se alastrara como uma doença contagiosa pelos nossos rostos. Será que o médico também sabia aquilo que, além de nós dois, considerávamos que ninguém mais soubesse?

— De quem é esse corpo?

— De quem é, não se sabe ainda... Por outro lado, trata-se de uma peça extremamente preciosa, um verdadeiro fenômeno da natureza... Quando lhe foi feita a dissecção, no lugar do coração foi encontrada uma bola de ouro...

No caminho de casa, procurei estimular o meu amigo, como de costume.

— Vai sair algo extraordinário dessa história do homem do coração de ouro.

Dum-Dum fez um gesto desiludido com a cabeça.

— O que você quer que saia de um acontecimento real?... Eu só escrevo as histórias que invento...

Procurei convencê-lo do seu equívoco. Mas ele, teimoso, repetia:

— Sem imaginação, não há arte... não há literatura. Só jornalismo rasteiro... Mas se você gosta tanto dela, escreva-a você mesmo... Quer que eu lhe venda o tema?... Vai, compre para mim uma garrafa grande de *Cherry Brandy*.

A água, o ganso e a mulher

Em memória de Dimitrie Anghel, poeta romeno que terminou como um supremo fim de madrigal.

A estrada sobe na direção de Voineasa, enquanto o Lotru corre na direção de Brezoi.

Só o tempo parece estar parado...

Na vila de Mălaia, uma fonte de água potável desemboca num cano de latão, bem na margem da estrada. Na base de pedra da bica, uma longa inscrição comemorativa, de letras latinas e tortas, desafia a eternidade. Os soldados de um regimento de caçadores passaram por aqui. Nossos caçadores são descendentes dos legionários romanos.

Na estrada que ladeia o Lotru, passa todo tipo de gente. Em especial no verão, passa pelo menos até um bucarestino, para quem, nos outros dias do ano, a criação de Deus se reduz apenas à criação do general Kisselef.[1]

Dessa vez, diante da fonte, pararam dois automóveis com uma dúzia de invólucros humanos, embrulhados em tecido quadriculado e mascarados com óculos de lente escura.

Pela voz, são tanto homens como mulheres, sem idade e sem preocupações com o futuro.

Diante da fonte, ambos os sexos só expressam uma única grande curiosidade:

— O que é isso aqui?... O túmulo de um herói?...

Os invólucros humanos começam a se mover, como se teleguiados, com seus membros uniformes. Exceto um, que desce do automóvel, faz contato com o chão e responde:

[1]. Referência à avenida Kisselef, em Bucareste, outrora lugar de passeio da elite da capital romena, projetada em 1832 pelo general russo Pavel Kisselef, comandante das tropas ocupantes da Valáquia e Moldávia. [N. T.]

— Ora!... Longe disso!... É a fantasia de um coronel combativo em tempo de paz.

Os outros se limitam a se agitar, inflando a personalidade comum como uma coleção de produtos de borracha na vitrine de uma farmácia. Os óculos de lente escura desaparecem como bíblicas folhas de parreira e o sexo dos invólucros humanos começa a ser identificável à luz do dia, como convidados de um baile de máscaras depois da meia-noite.

As mulheres exibem um corte de cabelo. Os homens estão barbeados.

As mulheres gritam em uníssono, como nas tragédias da Antiguidade:

— Água gelada!... Quero beber que estou com sede!...
— Eu também!...
— Eu também!...
— Eu também!...

Que estranho!... Em especial no interior, uma fonte de água gelada nos faz sempre regredir no tempo. Em meio à natureza, o mais cínico citadino se parece com um pobre romântico anacrônico. A poesia da natureza, eternamente viva, vinga-se sempre da nossa poesia defunta.

Às margens do Lotru, um bando de gansos intervém com discrição e solenidade.

— Psiu! Silêncio, que não se ouve mais o murmúrio das águas!...

Os gansos tinham razão... O barulho dos motores sufocava a alegria sonora do sentimento materno com que as águas do Lotru conduziam troncos de abeto rumo à foz, como crianças de colo.

Mas as mulheres não conhecem a língua dos gansos, com que a sabedoria popular anônima as compara e, não raro, até mesmo as confunde.

E as mulheres continuam gritando em uníssono, como nas operetas vienenses:

— Água... água... água...

Todos querem beber água. Dentro dos dois automóveis, no entanto, não há um único copo. O coronel caçador dotara a fonte apenas de letras latinas e tortas de uma inscrição inútil. A cumbuca ancestral, porém, havia sido esquecida.

∽

O jovem que se colocou diante da fonte, como uma divindade tutelar, explica aos passageiros dos automóveis como se pode beber água sem copo. Incline-se com a graça mecânica de um professor de ginástica sueca, apoie as mãos na base de pedra e leve os lábios ao cano de latão da bica, de modo que a fonte de água gelada atinja diretamente a sua boca.

As mulheres protestam. Os homens aplaudem.

— *Xô! Xô!... Buu!...*
— Bravo, Janot!... Bravo!...
— Tenha vergonha na cara, *espèce de mauvais sujet.*
— Ave César, Heliogábalo!...

Não se ouve mais o chiado das palmípedes. Para evitar um novo encontro com os turistas, que rumam Lotru acima, os gansos se resignaram e se dirigiram, com discrição e solenidade, Lotru abaixo.

Mas Janot parece não ver nem ouvir mais nada. Nunca tinha se sentido tão bem e tão ausente como na companhia daquelas mulheres bonitas e amigos milionários. Os protestos não o intimidam, nem o envaidecem os aplausos. Ambos o divertem, ao mesmo tempo que o imaterializam e espiritualizam... Um gesto espontâneo não tem como ser um gesto obsceno...

Bebe até se saciar, no que se ergue, seca os lábios com o lenço e, por alguns instantes, permanece imóvel como um cão de caça à espreita.

No interior de um "o" latino, descobriu uma nova inscrição, provavelmente comemorativa também, mas dessa vez mais recente e, em especial, sem a absurda pretensão de desafiar a eternidade.

Um lápis de cor deixara, na base de pedra da bica, o desenho de uma cruz formada pelas seguintes letras:

A
ADA
R
I
A
MANTU

As mulheres dos automóveis continuam agitadas. Mas agora não querem mais beber água. As mulheres têm sede de outra coisa. De espaço... Querem continuar a viagem. Mas Janot retarda a sua partida. Mulheres estão sempre com pressa. Parecem-se com os rios. O frio gélido do inverno só as imobiliza na superfície. Por baixo, elas continuam fluindo como sempre rumo à foz.

Só que, dessa vez, o Lotru corre na direção de Brezoi e as mulheres se apressam em seguir estrada acima até Voineasa.

— Vamos embora!... Vamos embora!...
— Não está ouvindo, Janot?... Vamos embora...
— Janot, não dê uma de imbecil.

Mas Janot dá uma de Champollion. Decifra a inscrição a lápis, para a qual, claro, não precisa de conhecimento nem de esforço. Para o egiptólogo romeno foi suficiente uma simples olhadela. Um sobrenome: *Mantu*; e dois prenomes: *Ada* e *Adrian*.

O primeiro automóvel partiu.

～

O lugar de Janot é no segundo automóvel, ao lado do motorista. Embora sociável, Janot tem um grave defeito. As viagens de carro involuntariamente o distanciam do código de maneiras elegantes e o aproximam ostensivamente da mulher ao lado da qual se encontra. Mas, para manter a reputação de pessoa bem-educada, Janot fica sempre do lado do motorista.

Atrás dele, nos bancos rebatíveis, estão Dodel e Ada e, ao fundo, Floricel e Marilena.

Janot é um advogado de processos poucos, mas de amigos muitos e, na sua maioria, riquíssimos. Janot é o animador de sua monótona existência. Dodel é diretor de um banco de cujas ações detém três quartos, Marilena interpreta papéis inocentes num teatro particular, Floricel é datilógrafa supraorçamentária no Senado, e Ada, amante de Dodel e amor inocente de Janot.

O segundo automóvel se pôs também em movimento.

༄

Janot não quer dizer por que atrasou. Segredo profissional. Janot, sem querer, viu-se transformado no confidente honorário de todos os seus amigos. Mas, em Călimănești, grandes segredos só se revelam em noites enluaradas, em Ostrov. A hidrelétrica só ilumina acontecimentos quotidianos, já sem importância. O silêncio de Janot começa a enervar, em especial as mulheres. Dodel se contenta em considerá-lo ridículo e pronto.

Uma série de empurrões e uma cascada de frases curtas, mas eloquentes, afligem suas costas e ouvidos, como as rodas do automóvel subindo rumo a Voineasa, esparramando pedregulho fresco na estrada.

Mas Janot segue calado até o humor dos passageiros começar a mudar junto com a paisagem do desfiladeiro. As águas do Lotru se apresentam ora brancas como a estrada, ora azuis como o céu, ora verdes como os abetos. Enquanto isso, a estrada serpenteia por debaixo das montanhas, como uma gola engomada sob um queixo barbudo.

༄

Adrian Mantu era tido como o mais equilibrado exemplar da geração de jovens promissores. Sem ter sido propriamente amigo seu, Janot o conhecera e o admirara. Seus verdadeiros amigos, porém, o esqueceram. Sua lembrança não lhes interessava mais. Adrian Mantu os ofendera ao se suicidar sem lhes revelar o motivo. A opinião pública se transformou mais rápido que o vento em alto-mar. Dessa vez, todos concordavam com o fato de que Adrian Mantu deveria ser louco. O caráter grotesco de seu suicídio fizera centenas de olhos arregalarem e desnorteara por alguns instantes um punhado de pessoas da elite intelectual. Junto com o desaparecimento de Adrian Mantu, desapareceu também quase por completo a sólida confiança na geração dos jovens promissores. A geração dos neuróticos pós-guerra foi condenada quase unânime e definitivamente. Exceção era uma única pessoa, um mero advogado que, na ausência de processos lucrativos, teimou em aceitar sozinho esse processo perdido. Para Janot, o suicídio de Adrian Mantu, não importa que motivo houvesse tido, caracterizava justamente a pessoa bem-comportada que, por medo de enlouquecer, achou melhor se matar.

Adrian Mantu, contudo, morreu como um autêntico louco.

Numa manhã de inverno, as vendedoras de leite de Băneasa descobriram, na avenida Kisselef, pendurados no galho de uma mesma árvore, um homem e um ganso. O homem era Adrian Mantu; o ganso era um ganso de verdade.

⸺

A estrada continua subindo. A vila de Voineasa parece um engenho de contos de fada. Quanto mais nos aproximamos dela, mais ela parece se afastar.

Os camaradas de Janot começam a se entediar. As mulheres bocejam. Vez ou outra, de dentro do automóvel, ouve-se um "ah" breve e nervoso, logo seguido por um "aaa!..." comprido e preguiçoso, como o término de uma canção sentimental. E nada mais. Todos se mantêm em silêncio. O único que conversa é Janot — consigo mesmo.

Pelo mesmo caminho pelo qual Janot agora passa, junto com aquelas mulheres bonitas, entre as quais uma, por acaso, se chama Ada, Adrian Mantu também passara antes, na companhia de mulheres igualmente belas, talvez. Estranho é que uma delas se chamava também Ada. Adrian Mantu provavelmente também lera, junto com ela, a inscrição comemorativa do coronel caçador e, para marcar aquele grande dia, talhou furtivamente, no interior do "O" latino, o nome dos dois amantes sob a forma de uma cruz cristã numa caverna pagã. A ilusão é o melhor e o mais barato dos remédios. Ela cura todas as doenças, sobretudo as hereditárias, das quais não temos como escapar. Prova disso é a ligação solene que, não raro, o amor considera que pode celebrar com a eternidade.

O amor deles, no entanto, não durou mais que as marcas de um lápis na base de pedra de uma bica. Adrian Mantu só existe agora na frágil lembrança de alguns amigos e conhecidos. Quanto a Ada, ninguém sabe mais nada. Ninguém desconfia de sua existência, embora seu nome ainda hoje permaneça conectado, em segredo, à lembrança de Adrian Mantu.

Os automóveis chegam a Voineasa.

Uma ponte por cima do Lotru, em seguida um trecho de estrada mais largo, outra ponte por cima do Lotru e a torre da igreja da colina sinalizam aos viajantes que parem. A estrada não continua.

No alpendre da mercearia do Seu Turturea, estão expostos, para todos os gostos, trutas frescas, queijo defumado, balas de goma, geleias, chocolate, café, cerveja, vinho, aguardente e... água gelada.

As águas do Lotru lavam a borda da estrada, e também as penas brancas de um bando de gansos que fitam, com a mesma desconfiança, todas as pessoas estranhas ao vilarejo. Parece que todos os gansos do vale do Lotru seguem as mesmas orientações.

Por outro lado, Seu Turturea é mais prestimoso do que o dono de uma boate de Bucareste. A seu sinal, os músicos do vilarejo põem-se a postos diante da mercearia e, depois de "Les gueules de loup", é a vez de "Sous les ponts de Paris". No alpendre, as toalhas esvoejam brancas como as penas dos gansos que se banham no Lotru. A aguardente tradicional também chega, nos frascos especiais de pescoço comprido, como tubos de ensaio de exame de sangue, e uma alegria rumorosa se despeja como hurras com que se saúda uma vitória. O objetivo da viagem foi atingido.

A verdadeira vitória, no entanto, foi conquistada apenas por Janot. Fora ele, ninguém mais observou o momento em que Ada, pálida como um cadáver, trocou às pressas algumas palavras com Seu Turturea.

꒰

Durante a refeição, Janot entra no negócio e puxa conversa com Seu Turturea, após admirar seus produtos e o "Calendário do Partido Liberal", pregado no balcão.

— Você conhece aquela senhora?
— Claro. Faz um ano. Esteve aqui com um senhor.
— E o que você falou para ela agora há pouco?
— Perguntei-lhe do ganso.

Janot estremece. Depois dos gansos capitolinos, um ganso anônimo do vale do Lotru exigia também a honra de constar entre personagens históricos.

— Mas que ganso, cara?
— Que lhe diga ela, que sabe melhor do que eu. Fui eu que lhe vendi o ganso, mais para satisfazer o senhor que a acompanhava ano passado, pois o pobre homem estava muito agoniado!

As lembranças do Seu Turturea parecem documentos antigos do arquivo da Academia, os quais Janot começa a ler nas entrelinhas.

— Se não for incômodo, me diga por que acha que ele estava agoniado.
— Mas o senhor não sabe por que um homem se agonia? Por causa das mulheres. Quando se sentaram à mesa, era um prazer observar como se mimavam... Sempre que os deixava a sós, eles se esticavam por cima da mesa e se beijavam, como se o mundo inteiro fosse deles. Mas, até a hora do café, a vaca foi pro brejo... Deve ter sido obra do diabo.

Calou-se por alguns instantes.
— Mas aonde é que foi parar o senhor do ano passado?
— No Bellu![2]
Mas o Seu Turturea desconhecia a nomenclatura da capital.
— Divorciaram? Ou nem eram casados?...
— Mais ou menos!
— Está vendo? O fogo da juventude é assim. Acende rápido e apaga logo.

Dessa vez, Janot soltou um suspiro sonoro de aprovação. Em seguida, com um gesto amistoso, bateu com a palma da mão no seu ombro e perguntou-lhe, sussurrando no ouvido:
— Mas e o ganso?... Me conte, como foi?...

Seu Turturea coçou abaixo do papo por barbear e fez um gesto com a cabeça, como se quisesse dizer que não foi grande coisa. Mas Janot insistiu.
— Quando percebi que o rolo começou, me escondi e fiquei de tocaia... Nossa, o que eu escutei!... Deus do céu! Deus do céu!... Mas o senhor sabe o que é que fizeram com o ganso?
— Comeram com repolho refogado no Natal...

Seu Turturea ri com gosto e engole em seco.
— Então deve ter sido gostoso... Pois eu o escolhi a dedo... O mais gordo e mais branco... Nem tenho este ano gansos tão bonitos...
— E você vendeu caro?
— Ora!... Mas como?... Ofereci sem qualquer intenção, pois tinha gostado da piada que ele fez com a senhorita... Uma briga tão estúpida quanto um ganso... Ao ir embora, ele me disse: Venda-me um ganso, Seu Turturea, porque os seus gansos não nos deixam na mão como as mulheres de Bucareste... Que ao menos isso fique desta viagem... Porque o ganso, se você lhe der comida, acaba te amando mais do que a mulher pela qual a gente se sacrifica...

---

2. Nome do principal cemitério de Bucareste. [N. T.]

Retirados num canto do alpendre, Janot e Ada conversam baixinho, quase sem se olhar. Dodel não sente ciúmes. Os outros não estão curiosos.

— Adrian Mantu te amava muito?

— A mim?... Está maluco... Nem o conheci...

Mas Janot continuou, como se Ada houvesse admitido.

— Que pena! Você também deveria tê-lo amado... Pelo menos isso... Não tê-lo deixado se matar... Sua consciência não pesa?... Não percebe que foi você quem o matou?...

Ada mastiga na boca a resposta, que ela mesma engole sem conseguir articular uma única palavra. Janot compreendeu e retomou.

— Por que você não diz a verdade? É uma grande honra ter sido amada por Mantu. Por que não quer que saibam o que houve entre vocês?... Quem você está evitando? O Dodel? Não tenha medo... Dodel não vai te abandonar... Ele não te ama, mas te incluiu na rubrica "lucros e perdas"... Quando não tiver mais o que perder, não vai se matar... Banqueiros não se suicidam... Adrian Mantu se suicidou por não ser banqueiro... Banqueiros atravessam a fronteira às pressas ou vão para a cadeia... Que posição ocupa o Dodel? Fale, quantos amantes você já arruinou até hoje?... Mantu não deve ter tido dinheiro suficiente... Não tinha como lhe dar o quanto você precisava...

Os olhos de Ada começam a lacrimejar. Janot muda de assunto.

— Mantenha a compostura, Ada... É feio que os outros te vejam chorando... Os gansos não choram jamais... Quando começar a chorar de verdade, você não será mais a mesma... Mas, até lá, ainda tem chão... Dez, doze anos... Ainda tem tempo o bastante para fazer outros chorarem por você... Às vezes faz bem chorar... Cura... Mas não deixe mais ninguém morrer por você... O amor existe para conservar a espécie humana, não para destruí-la... E fique sabendo de uma coisa... Mantu, que se matou por você, se comportava melhor que o Dodel, que te dá dezenas de milhares de lei[3] por mês... O amor

---

3. Plural de "leu", moeda romena. [N. T.]

de uma mulher não se compra como objeto precioso... Se sorve de graça, como a água gelada de uma fonte da montanha ou como o sopro de um vento de primavera...

～

A estrada desce, junto com o Lotru, na direção de Mălaia. No segundo automóvel, Janot continua sentado ao lado do motorista. Nos bancos rebatíveis, dessa vez, estão Marilena e Floricel e, no fundo, Dodel e Ada, que finge estar doente.

O sol desapareceu por trás das montanhas. A proximidade da noite começa a unir, aos poucos, as formas e as cores que a lente escura dos óculos falsificou ao longo de todo o dia. No desfiladeiro, começou a escurecer. As últimas reservas de luz pareciam se concentrar nas inscrições comemorativas da base da fonte da vila de Mălaia.

Pausa.

Dessa vez, porém, só descem dos carros Janot junto com Ada. Uma compressa de água fria na testa não faz mal. Água de bica afasta dor de cabeça. Mas o verdadeiro motivo é outro.

Ada não pode mais mentir. A lembrança de Adrian Mantu a faz tremer como se houvesse se jogado nua nas águas do Lotru. Ada finalmente percebe que aquilo que vivemos uma vez dentro de nós não tem como morrer para sempre, a não ser que morra junto conosco... A dor que ela agora sente de verdade não é na cabeça, mas na alma...

Janot lhe faz um gesto para que se aproxime da fonte.

No interior do "O" latino, Ada parece ler sua própria sentença de morte. A cruz formada pelo nome dela e pelo nome do amante suicida se transformou num sorriso atrevido de crânio humano. É a volúpia póstuma com que Adrian Mantu desafia a eternidade.

Ada molha o lenço na água, mas não o leva à testa. Inclina-se sobre a base da bica e esfrega com força as marcas do lápis, até o interior da letra latina se transformar numa mancha violeta. Em seguida, rasga o lenço em tiras finas e as joga na valeta da estrada, que o bando de gansos vigia à distância.

Os automóveis partem de novo.

Atrás deles, um ganso branco segura no bico uma tira do lenço de Ada. É a última saudação dos irmãos que talvez nunca mais venham a se reencontrar.

A estrada desce, junto com o Lotru, na direção de Brezoi...

Mas Ada se alça até os Campos Elíseos...

COLEÇÃO «HEDRA EDIÇÕES»

1. *A arte da guerra*, Maquiavel
2. *A conjuração de Catilina*, Salústio
3. *A cruzada das crianças/ Vidas imaginárias*, Marcel Schwob
4. *A filosofia na era trágica dos gregos*, Friedrich Nietzsche
5. *A fábrica de robôs*, Karel Tchápek
6. *A história trágica do Doutor Fausto*, Christopher Marlowe
7. *A metamorfose*, Franz Kafka
8. *A monadologia e outros textos*, Gottfried Leibniz
9. *A morte de Ivan Ilitch*, Lev Tolstói
10. *A velha Izerguil e outros contos*, Maksim Górki
11. *A vida é sonho*, Calderón de la Barca
12. *A volta do parafuso*, Henry James
13. *A voz dos botequins e outros poemas*, Paul Verlaine
14. *A vênus das peles*, Leopold von Sacher-Masoch
15. *A última folha e outros contos*, O. Henry
16. *Americanismo e fordismo*, Antonio Gramsci
17. *Apologia de Galileu*, Tommaso Campanella
18. *Arcana Cœlestia* e *Apocalipsis revelata*, Swedenborg
19. *As bacantes*, Eurípides
20. *Autobiografia de uma pulga*, [Stanislas de Rhodes]
21. *Balada dos enforcados e outros poemas*, François Villon
22. *Carmilla — A vampira de Karnstein*, Sheridan Le Fanu
23. *Carta sobre a tolerância*, John Locke
24. *Contos clássicos de vampiro*, Byron, Stoker e outros
25. *Contos de amor, de loucura e de morte*, Horacio Quiroga
26. *Contos indianos*, Stéphane Mallarmé
27. *Cultura estética e liberdade*, Friedrich von Schiller
28. *Cântico dos cânticos*, [Salomão]
29. *Dao De Jing*, Lao Zi
30. *Discursos ímpios*, Marquês de Sade
31. *Dissertação sobre as paixões*, David Hume
32. *Diário de um escritor (1873)*, Fiódor Dostoiévski
33. *Diário parisiense e outros escritos*, Walter Benjamin
34. *Diários de Adão e Eva*, Mark Twain
35. *Don Juan*, Molière
36. *Dos novos sistemas na arte*, Kazimir Maliévitch
37. *Educação e sociologia*, Émile Durkheim
38. *Elogio da loucura*, Erasmo de Rotterdam
39. *Emília Galotti*, Gotthold Ephraim Lessing
40. *Ernestine ou o nascimento do amor*, Stendhal
41. *Escritos sobre arte*, Charles Baudelaire
42. *Escritos sobre literatura*, Sigmund Freud
43. *Eu acuso!*, Zola | *O processo do capitão Dreyfus*, Rui Barbosa
44. *Explosão: romance da etnologia*, Hubert Fichte
45. *Fedro*, Platão
46. *Feitiço de amor e outros contos*, Ludwig Tieck
47. *Flossie, a Vênus de quinze anos*, [Swinburne]
48. *Fábula de Polifemo e Galateia e outros poemas*, Góngora
49. *Fé e saber*, Hegel
50. *Gente de Hemsö*, August Strindberg
51. *Hawthorne e seus musgos*, Melville
52. *Hino a Afrodite e outros poemas*, Safo de Lesbos
53. *Imitação de Cristo*, Tomás de Kempis
54. *Inferno*, August Strindberg

55. *Investigação sobre o entendimento humano*, David Hume
56. *Jazz rural*, Mário de Andrade
57. *Jerusalém*, William Blake
58. *Joana d'Arc*, Jules Michelet
59. *Lisístrata*, Aristófanes
60. *Ludwig Feuerbach e o fim da filosofia clássica alemã*, Friederich Engels
61. *Manifesto comunista*, Karl Marx e Friederich Engels
62. *Memórias do subsolo*, Fiódor Dostoiévski
63. *Metamorfoses*, Ovídio
64. *Micromegas e outros contos*, Voltaire
65. *No coração das trevas*, Joseph Conrad
66. *Noites egípcias e outros contos*, Aleksandr Púchkin
67. *O casamento do Céu e do Inferno*, William Blake
68. *O cego e outros contos*, D. H. Lawrence
69. *O chamado de Cthulhu*, H. P. lovecraft
70. *O contador de histórias e outros textos*, Walter Benjamin
71. *O corno de si próprio e outros contos*, Marquês de Sade
72. *O destino do erudito*, Johann Fichte
73. *O estranho caso do Dr. Jekyll e Mr. Hyde*, Robert Louis Stevenson
74. *O fim do ciúme e outros contos*, Marcel Proust
75. *O ladrão honesto e outros contos*, Fiódor Dostoiévski
76. *O livro de Monelle*, Marcel Schwob
77. *O mundo ou tratado da luz*, René Descartes
78. *O novo Epicuro: as delícias do sexo*, Edward Sellon
79. *O pequeno Zacarias, chamado Cinábrio*, E. T. A. Hoffmann
80. *O primeiro Hamlet*, William Shakespeare
81. *O príncipe*, Maquiavel
82. *O que eu vi, o que nós veremos*, Santos-Dumont
83. *O retrato de Dorian Gray*, Oscar Wilde
84. *O sobrinho de Rameau*, Diderot
85. *Ode ao Vento Oeste e outros poemas*, P. B. Shelley
86. *Ode sobre a melancolia e outros poemas*, John Keats
87. *Odisseia*, Homero
88. *Oliver Twist*, Charles Dickens
89. *Os sofrimentos do jovem Werther*, Goethe
90. *Para serem lidas à noite*, Ion Minulescu
91. *Pensamento político de Maquiavel*, Johann Fichte
92. *Pequeno-burgueses*, Maksim Górki
93. *Pequenos poemas em prosa*, Charles Baudelaire
94. *Perversão: a forma erótica do ódio*, Stoller
95. *Poemas da cabana montanhesa*, Saigyō
96. *Poemas*, Lord Byron
97. *Poesia basca: das origens à Guerra Civil*
98. *Poesia catalã: das origens à Guerra Civil*
99. *Poesia espanhola: das origens à Guerra Civil*
100. *Poesia galega: das origens à Guerra Civil*
101. *Præterita*, John Ruskin
102. *Primeiro livro dos Amores*, Ovídio
103. *Rashômon e outros contos*, Akutagawa
104. *Robinson Crusoé*, Daniel Defoe
105. *Romanceiro cigano*, Federico García Lorca
106. *Sagas*, August Strindberg
107. *Sobre a amizade e outros diálogos*, Jorge Luis Borges e Osvaldo Ferrari
108. *Sobre a filosofia e outros diálogos*, Jorge Luis Borges e Osvaldo Ferrari
109. *Sobre a filosofia e seu método — Parerga e paralipomena* (v.II, t.I), Arthur Schopenhauer
110. *Sobre a liberdade*, Stuart Mill
111. *Sobre a utilidade e a desvantagem da história para a vida*, Friedrich Nietzsche

112. *Sobre a ética — Parerga e paralipomena* (v.ii, t.ii), Arthur Schopenhauer
113. *Sobre o riso e a loucura*, [Hipócrates]
114. *Sobre os sonhos e outros diálogos*, Jorge Luis Borges e Osvaldo Ferrari
115. *Sobre verdade e mentira*, Friedrich Nietzsche
116. *Sonetos*, William Shakespeare
117. *Sátiras, fábulas, aforismos e profecias*, Leonardo da Vinci
118. *Teleny, ou o reverso da medalha*, Oscar Wilde
119. *Teogonia*, Hesíodo
120. *Trabalhos e dias*, Hesíodo
121. *Triunfos*, Petrarca
122. *Um anarquista e outros contos*, Joseph Conrad
123. *Viagem aos Estados Unidos*, Alexis de Tocqueville
124. *Viagem em volta do meu quarto*, Xavier de Maistre
125. *Viagem sentimental*, Laurence Sterne
126. *Édipo Rei*, Sófocles
127. *Émile e Sophie ou os solitários*, Jean-Jacques Rousseau

COLEÇÃO «METABIBLIOTECA»

1. *A carteira de meu tio*, Joaquim Manuel de Macedo
2. *A cidade e as serras*, Eça de Queirós
3. *A escrava*, Maria Firmina dos Reis
4. *A pele do lobo e outras peças*, Artur Azevedo
5. *Auto da barca do Inferno*, Gil Vicente
6. *Bom Crioulo*, Adolfo Caminha
7. *Cartas a favor da escravidão*, José de Alencar
8. *Contos e novelas*, Júlia Lopes de Almeida
9. *Crime*, Luiz Gama
10. *Democracia*, Luiz Gama
11. *Direito*, Luiz Gama
12. *Elixir do pajé — poemas de humor, sátira e escatologia*, Bernardo Guimarães
13. *Eu*, Augusto dos Anjos
14. *Farsa de Inês Pereira*, Gil Vicente
15. *Helianto*, Orides Fontela
16. *História da província Santa Cruz*, Gandavo
17. *Iracema*, José de Alencar
18. *Liberdade*, Luiz Gama
19. *Mensagem*, Fernando Pessoa
20. *O Ateneu*, Raul Pompeia
21. *O cortiço*, Aluísio Azevedo
22. *O desertor*, Silva Alvarenga
23. *Oração aos moços*, Rui Barbosa
24. *Pai contra mãe e outros contos*, Machado de Assis
25. *Poemas completos de Alberto Caeiro*, Fernando Pessoa
26. *Teatro de êxtase*, Fernando Pessoa
27. *Transposição*, Orides Fontela
28. *Tratado descritivo do Brasil em 1587*, Gabriel Soares de Sousa
29. *Tratados da terra e gente do Brasil*, Fernão Cardim
30. *Utopia Brasil*, Darcy Ribeiro
31. *Índice das coisas mais notáveis*, Antônio Vieira

COLEÇÃO «QUE HORAS SÃO?»

1. *8/1: A rebelião dos manés*, Pedro Fiori Arantes, Fernando Frias e Maria Luiza Meneses
2. *A linguagem fascista*, Carlos Piovezani & Emilio Gentile
3. *A sociedade de controle*, J. Souza; R. Avelino; S. Amadeu (orgs.)
4. *Ativismo digital hoje*, R. Segurado; C. Penteado; S. Amadeu (orgs.)
5. *Crédito à morte*, Anselm Jappe
6. *Descobrindo o Islã no Brasil*, Karla Lima
7. *Desinformação e democracia*, Rosemary Segurado
8. *Dilma Rousseff e o ódio político*, Tales Ab'Sáber
9. *Labirintos do fascismo* (v.I), João Bernardo
10. *Labirintos do fascismo* (v.II), João Bernardo
11. *Labirintos do fascismo* (v.III), João Bernardo
12. *Labirintos do fascismo* (v.IV), João Bernardo
13. *Labirintos do fascismo* (v.V), João Bernardo
14. *Labirintos do fascismo* (v.VI), João Bernardo
15. *Lugar de negro, lugar de branco?*, Douglas Rodrigues Barros
16. *Lulismo, carisma pop e cultura anticrítica*, Tales Ab'Sáber
17. *Machismo, racismo, capitalismo identitário*, Pablo Polese
18. *Michel Temer e o fascismo comum*, Tales Ab'Sáber
19. *O quarto poder: uma outra história*, Paulo Henrique Amorim
20. *Universidade, cidade e cidadania*, Franklin Leopoldo e Silva

COLEÇÃO «MUNDO INDÍGENA»

1. *A mulher que virou tatu*, Eliane Camargo
2. *A terra uma só*, Timóteo Verá Tupã Popyguá
3. *A árvore dos cantos*, Pajés Parahiteri
4. *Cantos dos animais primordiais*, Ava Ñomoandyja Atanásio Teixeira
5. *Crônicas de caça e criação*, Uirá Garcia
6. *Círculos de coca e fumaça*, Danilo Paiva Ramos
7. *Nas redes guarani*, Valéria Macedo & Dominique Tilkin-Gallois
8. *Não havia mais homens*, Luciana Storto
9. *O surgimento da noite*, Pajés Parahiteri
10. *O surgimento dos pássaros*, Pajés Parahiteri
11. *Os Aruaques*, Max Schmidt
12. *Os cantos do homem-sombra*, Patience Epps e Danilo Paiva Ramos
13. *Os comedores de terra*, Pajés Parahiteri
14. *Xamanismos ameríndios*, A. Barcelos Neto, L. Pérez Gil e D. Paiva Ramos (orgs.)

COLEÇÃO «ANARC»

1. *Anarquia pela educação*, Élisée Reclus
2. *Ação direta e outros escritos*, Voltairine de Cleyre
3. *Entre camponeses*, Errico Malatesta
4. *Escritos revolucionários*, Errico Malatesta
5. *História da anarquia (vol. II)*, Max Nettlau
6. *História da anarquia (vol. I)*, Max Nettlau
7. *O indivíduo, a sociedade e o Estado, e outros ensaios*, Emma Goldman
8. *O princípio anarquista e outros ensaios*, Piotr Kropotkin
9. *O princípio do Estado e outros ensaios*, Mikhail Bakunin
10. *Os sovietes traídos pelos bolcheviques*, Rudolf Rocker
11. *Revolução e liberdade: cartas de 1845 a 1875*, Mikhail Bakunin
12. *Sobre anarquismo, sexo e casamento*, Emma Goldman

COLEÇÃO «NARRATIVAS DA ESCRAVIDÃO»

1. *Incidentes da vida de uma escrava*, Harriet Jacobs
2. *Narrativa de William W. Brown, escravo fugitivo*, William Wells Brown
3. *Nascidos na escravidão: depoimentos norte-americanos*, WPA

COLEÇÃO «ECOPOLÍTICA»

1. *Anarquistas na América do Sul*, E. Passetti, S. Gallo; A. Augusto (orgs.)
2. *Ecopolítica*, E. Passetti; A. Augusto; B. Carneiro; S. Oliveira, T. Rodrigues (orgs.)
3. *Pandemia e anarquia*, E. Passetti; J. da Mata; J. Ferreira (orgs.)

Adverte-se aos curiosos que se imprimiu 1 000 exemplares deste livro na gráfica Expressão e Arte, na data de 17 de julho de 2024, em papel Pólen Soft 80, composto em tipologia Minion Pro, 11 pt, com diversos sofwares livres, dentre eles LuaLaTeXe git.
(v. 566034c)